U0091424

GAEA

Gaea

作者 Giddens 九把刀

插畫 Blaze Wu

上課不要打手撸槍機

王大明，
你可不可能愛我？

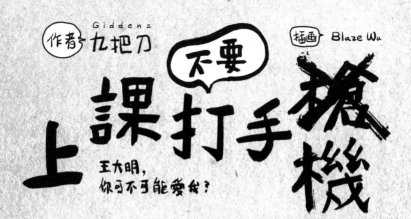

上課不要打手機

目錄

CHAPTER 1

不要叫我劉德華

01

我是王大明，我的爸爸在我國小三年級的時候，被溶解了。

爲了賣你手上的這本書，現在只好寫一點前情提要。

幾年前，我應徵上了作家九把刀的血汗助手，上山下海幫他取材，一邊賺取微薄的報酬，一邊趁機借用九把刀的資源，接觸稀奇古怪的案件，看看能不能剛剛好解開我爸爸被溶解之謎。

結果，我跟好友阿祥誤闖進花蓮山區，導致阿祥被一條千年大蛇精吃掉，後來大蛇精變成了一個沒有陰莖的假阿祥，跟我回台北，向我學如何當一個眞正的人類。BUT！人生最離譜的就是這個BUT！BUT假阿祥爲了拯救我，在千鈞一髮之際，吞掉了好幾個想把西瓜塞進我屁眼的爛外星人，還用牠體內的女人基因重組了身體，變成我最喜歡的ＡＶ女優椎名素子的模樣，吸我的雞雞，跟我打砲……打砲……打砲……

唉，是的沒錯，我跟素子整天打砲，睡前打砲，睡醒打砲，無時無刻，我不是正在打砲，就是正在準備脫褲子打砲的床上，我真是一個背叛朋友最糟糕的模範生。

就連九把刀挫賽上新聞的時候，我也是一邊看電視一邊打砲。

「那不是你老闆嗎，呲呲呲！」素子吐著分岔的舌頭。

「對啊，這下他完蛋了。」我有點頭暈。

「他完蛋了你也會完蛋嗎，呲呲呲！」

「唉，他完蛋了的話我就沒錢賺啦，不過他比較完蛋一點。」

我一邊嘆氣一邊射，射得心事重重。

之後九把刀就失蹤了，只留下一張黏在冰箱上的紙條，上面寫著……

「我去抓一個怪物。喔喔喔喔喔喔喔喔喔喔喔喔喔喔喔喔喔喔喔耶！」

大概是瘋了、崩潰了，乾脆假裝中邪，喔耶喔耶的寫了一整張紙條，慘到極點。

不過九把刀的讀者很明顯沒在管他有多慘，照樣寄一些怪信過來騷擾他。

我看了一下標題。

標題	來信者
刃犬你為什麼不快點去死一死	Anonymous（匿名者）
喔耶！看到你吃屎吃成這樣我就放心了	三重金城武
你的失敗就是我的樂趣哈哈哈哈哈假賽	Haters 9527
刀大，關於上個月我提到的毀滅級 A 片，你搜集到了多少？	台大法律系高材生陳柏達
還正義需要高強功夫咧我在電視前快笑死了	無限期支持棒協去死
幹幹幹幹幹幹幹看你吃屎我就是爽啦！	街亭俠
幹你娘啦！	空調承太郎
幹你娘幹幹幹幹幹幹幹！	空調承太郎
幹你娘你是不會回信喔！有種回信啦！	空調承太郎
九把刀你好，我們的期末作業要做職業訪談，能不能請你分享一下當作家的苦與樂？	陳奐泰
刀大！十萬火急！請快點與我見面！不然我就死定了！（酬勞可議）	不要叫我劉德華
幹你娘老機掰到底要不要回信！	空調承太郎
是要不要回信啦！幹你娘咧幹幹幹幹幹！	空調承太郎
刀大你好，我們學校規定要做職業訪談，希望你可以幫忙無助的國中生做一下作業謝謝！	蕭又誠
刀大獵命師的網遊只剩下我一個人在玩了，前三名都是我，遊戲公司到底有沒有打算更新啊？	陳健泰
喂聽說你是寫小說的，我們學校期末要做社區職業訪談，方便的話我想錄個音謝啦！	林育信
柯騰，可不可以借我五萬元，我想出國玩幾天尋找真正的自我？（十萬也可以）	我賴英第啦
刀大！我的懶叫忽然變得超級大！還是黑色的！你一定不敢相信！你寫的陽具森林成真啦！	宇宙究極闇黑懶叫！

標題	來信者
謝謝你刃太！這個世界上果然是沒有正義！我可以放心去死了！	Anonymous（匿名者）
恭喜導演！你被我們小組選中要做職業訪談了！這個禮拜六下午請你出現在大安捷運站出口那間星巴克！記得穿帥一點我們要拍照喔！	田翰霖
不好意思打擾導演了，當電影男主角是我從小的夢想，聽說那些年續集快開拍了，能不能讓我飾演長大以後的柯景騰呢？	蔣力進同學
我宣布！從現在開始小說界就是我的天下！你就慢慢死去一邊打手槍養老吧！	Anonymous（匿名者）
幹你娘操你老木都不回信是有沒有禮貌！快點回信我要去幹你娘啦！	空調承太郎
幹你娘你再不回信我就要自殺了！	空調承太郎
再不回信我真的要去自殺了到時候新聞報出來你就醜二！等醜三你就死定了！	空調承太郎
刀大！我的女友快瘋了！只有你可以救她！請儘速聯繫我！我給你錢！很多錢！	台北游先生
導演你好，我對我的外表有一定的自信，在班上的外號叫九把刀再世，能不能給我一個機會飾演那些年續集裡的柯騰呢？你一定不會後悔der！	陳學品
您是否有週轉上的需求呢！現在只要身分證加健保卡雙證件，一通電話馬上搞定	腎臟交易協會
你好！才怪！哈哈哈哈哈哈哈哈吃屎吧刃太！	Peterfucku
幹我馬上就要自殺了！馬上！回！我！的！信！	空調承太郎
我死了現在你高興了嗎爽了嗎幹我要打電話給媒體爆料九把刀有多冷血	空調承太郎

基於幫九把刀維持最基本的人際活躍度，我簡單挑了一些信回。比如說，我吃屎能夠讓大家開心的話絕對是我的榮幸啦、對啊請你快點去死一死啊我就賭你不敢去死啦一個大男人整天說要去死結果還活著根本就是孬種啊、不如你借我一百萬出國散散心吧、不要幻想了其實你沒有懶叫、職業訪談要做白痴低能兒的話再跟我說喔、長得像九把刀再世眞是太棒了爲什麼不重新投胎演金城武呢之類的話，營造九把刀都是本人親自回信的假象。

當然了，讀者來信永遠是錢……不，是小說題材的最好來源，裡面只有兩封信跟錢有關，我馬上選了一封比較正常的回。

跟「不要叫我劉德華」約了時間地點後，我馬上準備出門。

我隨便把腳插在距離最近的球鞋上。

「我想跟你一起出門呲呲呲！」素子跪在玄關幫我吹。

「這樣不太好吧，我是要出門工作耶。」我奮力推開她的頭，拉上拉鍊。

「如果我不跟你一起出門，我們要怎麼一直談戀愛呢呲呲呲！」素子正在練習一個叫做皺眉的怪表情。

「……等等，其實我們沒有在談戀愛，我們只是一直在打砲。」我必須很嚴肅地劃清界線：「就像妳一直在看的那些韓劇啊日劇啊偶像劇啊，那些才是談戀愛，但我們這個是A片，A片只是打砲，沒有談戀愛。」

「一直打砲不算談戀愛嗎吡吡吡？」

「只是一直打砲的話當然不算談戀愛，只算是砲友，就是A片。」

「但我記得看過一部叫『色戒』的電影吡吡吡，男主角跟女主角也是一直打砲，但他們後來好像還是談了戀愛吡吡吡？」素子看起來很困惑。

「……嗯，這個……那個電影太高深了。」我好像一時之間也無法明白：「大概男主角得長得像梁朝偉，女主角長得像湯唯，一起打砲打到天長地久，才能打到那一種疑似談戀愛的境界吧，不說了我要快點出門賺錢！」

「那我可以想辦法變成湯唯吡吡吡。」素子歪頭。

「好啊！」我馬上把褲子脫下來：「正好我也跟梁朝偉差不多一個等級。」

素子說做就做。

靜靜跪在玄關，素子臉上的肌肉跟骨骼開始詭異移動，發出喀喀喀喀跟嘶嘶嘶嘶的怪聲，但變了半天還是沒有湯唯的臉，頂多是眉毛跟鼻子像一點。

「靠我褲子都脫了妳給我看這個？」我嘆氣，把褲子重新穿上。

「你上次提到基因，就是人類靈魂的另一種講法，我大致了解了吡吡吡。」素子再度模仿了一個皺眉的表情：「我吃過的女人，基因不夠，至少不夠湊出湯唯的樣子吡吡吡。」

「那就算啦！」

「我等一下出門去吃多一點女人吧吡吡吡。」

「不行！不能吃人！」我生氣了：「妳一直吃人，反而沒辦法變成眞正的人類！」

「不能變成湯唯，那我們怎麼開始談戀愛吡吡吡？」素子倒不介意，只是想知道答案。

但關於答案……

「沒關係啦，妳就算可以變成湯唯，我也沒辦法變成梁朝偉啊，我們就繼續打砲打砲打砲打砲打砲就好啦，不是只有談戀愛才算是眞正的人類啊，那些拍A片的男優跟女優，他們整天打砲也沒打出眞愛啊，但他們都是眞眞正正的人類啊。」我迅速綁好鞋帶，趁素子把我的懶叫再吸出去前趕快站起來：「我眞的要出門了。」

丟下一頭霧水的素子，我依照google map的指引，搭了捷運又換了公車，來到約定好的地點。

02

新北市蘆洲，跟尼加拉瓜一點關係也沒有的尼加拉瓜公園。

讀者「不要叫我劉德華」先生已在公園涼亭下等待。

當然了，他本人也完全跟劉德華扯不上關係。

年約五十歲的中年大叔一個，體型微胖，白色polo衫紮進明顯太緊繃的牛仔褲，深黑色奶頭在白色的服色底下若隱若現十分欠揍。

此外，紅色膠框眼鏡掛在他布滿黑頭粉刺的鼻頭上，淺褐色的變態專用鏡片，有些金黃挑染的8+9旁分髮型，俗氣，非常俗氣，我還沒看到他的眼睛就先看到他的鼻毛，可說是……

關我屁事。

「你好，我是九把刀的助手，王大明，王就那個王，大就那個大，明就那個明。」我非常專業地拿出手機，按下錄音鍵：「我的工作是幫助九把刀搜集靈感，偶爾做一些讀者服務，爲了保障彼此的權益，從現在開始我都會錄音。」

「王大明先生，久仰久仰。」不要叫我劉德華先生熱情地握著我的手：「最近新聞不少，刀大還好嗎？」

「還好還好，九把刀臉皮特厚就不須要擔心他了，如果他跑去自殺也未嘗不是百姓之福。」我堅定地直接進入主題：「對了，你說的酬勞又是該怎麼談呢？我這裡一向是依照案件難度計價，基本收費是三千元起跳，就算是要我去巷口幫你買雞蛋也是三千，雞蛋另計。」

「雞蛋另計是應該的！」

「我們回歸正題吧，請問先生該怎麼稱呼？」

「不要叫我劉德華！」

「絕對不會，但要怎麼稱呼比較方便呢？」

「不要叫我劉德華！」

「看得出來，但你叫什麼？」

「不要叫我劉德華！」

「我死都不會叫你劉德華。」我的拳頭硬了。

「不是不是！是……不要叫我劉德華！」金髮大叔笑得很燦爛。

很好。

明顯是一個病入膏肓的自戀狂。

「那我就叫你金毛王吧。」我試著鬆開我緊握的拳頭，堆出微笑：「請問你想委託九把刀處理什麼案件呢？」

金毛王開始東張西望，神色有些緊張。

大白天的，是在警戒什麼呢？

「有什麼難處嗎？」我也跟著東看西看起來。

「……」金毛王的眉頭緊皺，額頭上冒出一粒粒的汗珠。

「我想提醒一下，如果是跟黑道有關的案子，我們是無能爲力的……不然要警察做什麼呢？」我忍不住說：「參加假外星人舉辦的人體實驗，我們也沒有興趣，那個要找劉寶傑。」

金毛王沒有回答，額頭上的汗水更多了，連鼻子上都是密密麻麻的汗珠。

我的背脊感到一陣陰涼。

難道，這次的委託跟靈異事件有關嗎？

金毛王的視線落在公園裡的公廁，壓低聲音：「不如，我們去男生廁所談吧。」

這個建議表面上太肛肛好了，但經歷了大蛇吞掉阿祥的怪奇事件後，我覺得這類安全第一的想法反而很友善，畢竟！男生廁所，恐怕是這附近陽氣最濃烈的地方！

我馬上跟著金毛王走進公園男廁，一起進入最裡面的馬桶間。

廁所很乾淨，不管是馬桶裡還是牆壁上都沒有任何大便的痕跡，讓我在心中默默向廁所清掃人員比了個讚。

金毛王謹慎把門上鎖後，示意我稍微往後一步。

「可以說了嗎？」我用氣音小小聲說。

只見金毛王在這個小小的廁所空間裡，脫下褲子，包含內褲，然後坐在馬桶上。

金毛王瞪著我，我瞪著金毛王。

金毛王面目猙獰地瞪著我，我面目猙獰地瞪著金毛王。

金毛王全身震動又面目猙獰地瞪著我，我全身顫抖兼面目全非地瞪著金毛王。

然後他就大便了。

「你大便幹嘛？」我還在顫抖。

「不然我要在涼亭下面大便嗎？」金毛王的眼神，好像在責備我智商太低。

「所以你非得一邊大便一邊跟我說案件嗎？」

「沒有啊，但你非得要我一邊大便一邊跟你說案件，我也只好配合。」

「……你也只好配合——個！屁！」

我憤怒地想馬上衝出去，不料廁所門板響起了咚咚咚的敲門聲。

靠，外面有人！

咚咚咚。

咚個屁，我馬上敲回去……叩叩叩。

現在一出去，馬上就會被以爲我剛剛在廁所裡跟這個金毛王互肛！

互肛不是一定不行！

跟劉德華就可以！但這個絕對不是劉德華！

「……」我瞪著金毛王，氣到想一拳揍爛他臉上的眼鏡。

然後他又繼續大便。

爲了不讓門外的人發現廁所間裡面有兩個人，我隱忍著濃烈的臭氣，朝馬桶前進了一小步，這樣我的腳才不會太靠近門邊。

「你想幹嘛？」金毛王看起來很緊張：「我只想好好大便。」

「我不想幹嘛，你也不須要幻想我想幹嘛，這裡沒有人想幹嘛。」我的肚子差一點點就頂到金毛王驚恐的臉：「靠，爲什麼你的大便那麼臭？」

「因爲我早上剛剛吃了昨晚打包的麻辣鍋。」

「有人早上吃麻辣鍋嗎？」我超想揍下去的。

「有人在別人大便的時候故意靠得那麼近說話嗎？還用氣音？」金毛王不解。

「……」我握緊拳頭，在金毛王的鼻子前發出吱吱吱的肌肉糾結聲。

金毛王看著我的拳頭，屁眼一陣爆發，濃稠的糞汁掃射出來。

咚咚咚。

門外又在敲了。

絕對不能被誤會，我果斷回敬叩叩叩回去。

兩個男人，跟一個正在被污辱的馬桶，持續著對峙。

「大雄，我好像還有一些大便，一時之間也大不乾淨，時間寶貴，如果你堅持的話，我也是可以一邊繼續大，一邊講要拜託刀大的事。」

「……隨便。」我閉上眼睛，以免我真的出拳：「還有，我叫王大明。」

門外咚咚咚。

我給他叩叩叩回去。

金毛王一邊烙賽，一邊唉聲載道說起他的故事。

——那些年，他一個人追的女孩。

03

幼稚園的鞦韆，是小金毛一見鍾情小皮球的地方。

當時，小金毛還不知道劉德華是誰，當然劉德華也不知道小金毛是誰。但小金毛已經知道，這輩子他只會喜歡小皮球一個人，小皮球就是他命中註定的女孩。

儘管小金毛總是把偷媽媽的錢買的甜筒，分一半給小皮球吃，小皮球還是不喜歡小金毛。

小金毛再把幼稚園午餐的超好吃茶葉蛋，分一半給小皮球吃，可小皮球還是沒有心動。

可憐的小金毛，只好把幼稚園下午茶的OREO餅乾分一半有沾夾心的部分給小皮球吃，但高傲的小皮球依舊不爲所動。

最後，小金毛沒招了，只好把甜筒通通給小皮球吃，把茶葉蛋整顆給小皮球吞，把整塊OREO餅乾送給小皮球啃。

BUT！

人生最無奈的就是這個BUT！

BUT小皮球依舊沒有牽起小金毛的手。她比較喜歡隔壁班的鐵雄，因爲鐵雄家裡開肉粽店，每天都會帶一整顆香菇肉粽給小皮球吃。

小金毛沒有放棄，他用自殺逼他媽媽讓他跨區就讀，讀跟小皮球一樣的小學。

他追了小皮球整整國小六年。

讓小金毛最自豪的是，他國小一年級就把九九乘法表被熟了，他趁著掃地時間跑去小皮球的班上，不管小皮球正在掃地、拖地、澆花、擦玻璃、撈水溝，小金毛始終在她旁邊站直身體，閃電霹靂從一背到九。

「七六四十二，七七四十九，七八五十六，七九六十三，八一八，八二十六，八三二十四，八四三十二，八五四十，八六四十八……」小金毛努力不換氣，務必用最快的速度把九九乘法表一次背完。

縱使小金毛孤高地沉浸在高人一等的情懷裡，但當時，小皮球完全不知道小金毛在衝蝦小，只覺得這個人腦筋有問題，連唱個兒歌都好像在念經。

小皮球國小一二年級，喜歡坐在隔壁桌的小男生，因為他家裡開碗粿店，每天都會從家裡帶兩顆包蛋黃的碗粿給小皮球吃。

到了國小三四年級，小皮球喜歡上了雞排，所以小皮球也喜歡上了每天帶一塊炸雞排給她吃的，坐在教室最後面的阿權。

肉圓是國小五六年級時小皮球的最愛，她情不自禁愛上了肉圓店的老闆阿璋。

「阿璋他都已經四十歲了！為什麼妳喜歡他不喜歡我！」小金毛哭著告白。

「因爲阿璋炸的肉圓敲好吃啊。」小皮球愛戀著根本不認識她的阿璋叔叔。苦戀並沒有結束。

小金毛上了跟小皮球同一間國中，變成了中金毛跟中皮球。

那些年，中金毛認識了劉德華，大家也都認識了劉德華，從此以後許多同學都叫他劉德華，造成他生活上非常大的困擾。

「不要叫我劉德華！」中金毛不斷向同學們呼籲。

我忍不住打斷金毛王的幻想：「醒醒！你根本沒有這種困擾！」

「沒有人叫你劉德華，你當然不會知道這有多困擾。」金毛王臉色痛苦，看樣子麻辣鍋的後勁很猛：「眞的，不要叫我劉德華！」

咚咚咚咚咚咚咚。

在廁所門外等的人似乎有些怒氣，我更生氣地回敲叩叩叩叩叩叩叩。

「請問你還要大多久！」門外的人聽起來很不爽。

「你是不會去旁邊的便利商店借廁所喔？附近有一間中華電信也可以借啊！」我也是怒火中燒。

「那間中華電信只是門市，不可以借廁所！」門外的人語氣堅定。

「你誠心誠意跟他借他就會借你了！我要繼續大！」門裡的我態度果決。

對不起，回到中金毛。

中金毛一邊抗拒著同學不斷叫他劉德華，一邊寫一些浪漫的情書給讀隔壁班的中皮球，請她給他一個機會，也給她自己一個機會，跟他交往，不然就要殺她全家。

天天寫。

於是中金毛就被退學了。

退學後，中金毛在一間早餐店打工，因爲早餐店就開在那間國中對面。

中皮球每天都會去跟中金毛拿免費的早餐吃，一點都不在意中金毛國中沒畢業，讓中金毛很感動，每一次都用手指戳破荷包蛋，用黏稠的蛋黃在吐司上寫一個大大的愛字——還是繁體的。

久而久之，中皮球再如何鐵石心腸，也會心軟。

「好吧，如果我們到三十歲那年，你還沒娶，我還沒嫁，或是我沒有男朋友，我們就結婚吧。」

「眞的嗎！太好了！這眞的太好了！」

「在那之前，你一秒都不可以出現在我面前。」

「十分之一秒呢！」

「百分之一秒都不行，不然約定就不算。」

「可是……如果我在路上不小心碰到妳呢？」

「沒有不小心，沒有碰巧，也不會有萬一，你就是要盡全力消失在我的視線。」

「那早餐呢！」

「早餐不吃的話你是想我餓死嗎，所以我來拿早餐的時候，你要馬上蹲在櫃檯後面，不可以讓我看見，我走以後也不可以看著我的背影，要等我走之後五分鐘你才可以站起來。也絕對不可以再用蛋黃寫字了。如果你一定要寫，就另外做一片吐司再寫，我平常吃的鮪魚加蛋吐司不可以寫。」

「那妳會吃嗎？」

「不會，我會丟掉。」

「丟掉以前會看一下嗎？」

「不會。」

「三十歲好久！」

「如果三十歲一到，我有男朋友或是我已經嫁了，你也要持續保持消失不見的狀態，不可以出現在我面前，也不可以讓我感覺到你偷偷出現在我背後。」

「什麼！妳不能先離婚再跟我結婚嗎！」

「要不要？」

「要！我要！我要跟妳一生一世的約定！」

然後中金毛伸出手，要打勾勾。

中皮球再怎麼不願意，也只好伸出她的手指按了中金毛的手指一下。

此後，中金毛就過著每天躲在早餐店櫃檯下面，等中皮球來拿她的鮪魚蛋三明治，另加一片蛋黃愛心簽名吐司的日子。

日復一日，中金毛盼啊盼啊，中皮球上了高中，又上了大學，過著多采多姿的生活，陸陸續續交了家裡在賣綠豆沙牛奶的男友、家裡經營越南河粉店的男友、家裡在賣炸蝦卷便當的男友、家裡在賣小籠包跟燒餅油條饅頭吃到飽的男友……

不管中皮球念哪一間學校，中金毛總會想辦法在學校對面的早餐店打工，不管颳風下雨大熱天，中金毛一定會在櫃檯上特製一份專屬於中皮球的愛心早餐。

直到。

直到……

「直到什麼？」我快死了，快被臭死了。

「你有帶衛生紙嗎？」金毛王正經八百地看著我。

我看著馬桶後的衛生紙架，空空如也。

「沒。」我深呼吸。

「爲什麼你進廁所不帶衛生紙？」

「因爲要大便的是你！」當我意識到的時候，我的拳頭已經高高舉起。

咚咚咚咚咚咚咚咚咚咚咚咚！

門外的敲擊聲已經不理智了，但我相信絕對沒有我不理智！

我一拳重重轟在門板上，大叫：「是不能烙賽嗎！到底！敲什麼敲！」

門外也大吼：「你根本就不是烙賽！你在跟另一個人講話！」

我大吼：「這裡只有我！一！個！人！去中華電信大便！」

門外大吼：「那間不能大便！」

咚咚咚

咚什麼咚！一直咚咚咚！你難道是要咚整頁嗎！

咚咚

不要

咚咚咚咚咚咚咚咚咚咚咚咚咚咚
咚咚咚咚咚咚咚咚咚咚咚咚咚咚
咚咚咚咚咚咚咚咚咚咚咚咚咚咚
咚咚咚咚咚咚咚咚咚咚咚咚咚咚
咚咚咚咚咚咚咚咚咚咚咚咚咚咚
咚咚咚咚咚咚咚咚咚咚咚咚咚咚
咚咚咚咚咚咚咚咚咚咚咚咚咚咚
咚咚咚咚咚咚咚咚咚咚咚咚咚咚
咚咚咚咚咚咚咚咚咚咚咚咚咚咚
咚咚咚咚咚咚咚咚咚咚咚咚咚咚
咚咚咚咚咚咚咚咚咚咚咚咚咚咚
咚咚咚咚咚咚咚咚咚咚咚咚咚咚
咚咚咚咚咚咚咚咚咚咚咚咚咚咚
咚咚咚咚咚咚咚咚咚咚咚咚咚咚
咚咚咚咚咚咚咚咚咚咚咚咚咚咚
咚咚咚咚咚咚咚咚咚咚咚咚咚咚
咚咚咚咚咚咚咚咚咚咚咚咚咚咚
咚咚咚咚咚咚咚咚咚咚咚咚咚咚
咚咚咚咚咚咚咚咚咚咚咚咚咚咚
咚咚咚咚咚咚咚咚咚咚咚咚咚咚
咚咚咚咚咚咚咚咚咚咚咚咚咚咚
咚咚咚咚咚咚咚咚咚咚咚咚咚咚
咚咚咚咚咚咚咚咚咚咚咚咚咚咚
咚咚咚咚咚咚咚咚咚咚咚咚咚咚
咚咚咚咚咚咚咚咚咚咚咚咚咚咚
咚咚咚咚咚咚咚咚咚咚咚咚咚咚
咚咚咚咚咚咚咚咚咚咚咚咚咚咚
咚咚咚咚咚咚咚咚咚咚咚咚咚咚

我太生氣了，集中所有的，精！氣！神！

一拳！

轟！

門外的敲敲聲消失了。

我氣喘吁吁，看著發抖的拳頭。

一整頁的狀聲詞，果然還是要用一頁一個字的力量去制衡。

一回頭，只見金毛王早已離開了被再三污辱的馬桶。

金毛王把他咖啡色的屁股，按在牆壁上，以屁眼爲圓心，緩緩地，重重地，畫圓。

金毛王沒有迴避我震驚的眼神。

他像是剛剛在槍林彈雨中游過長江，把國旗高高掛在四行倉庫的那個誰，女的，好像是一個高中生，意志力高昂地看著我。

我無話可說。

雖然把屁眼擦在牆壁上抹乾淨，這個動作很羞恥，但，對一個沒有帶衛生紙的人來說，金毛王正在竭盡所能地，做他該做的事。

我又能做什麼呢？

同樣身為一個男子漢，我能做的，又是什麼呢？

「鼎旺？」我故作輕鬆地問。

金毛王搖搖頭，持續用屁眼畫圓。

「華川宴？」我想了想。

金毛王搖搖頭，持續用屁眼畫圓。

「老四川？」我聳聳肩。

金毛王搖搖頭，持續用屁眼畫圓。

「公館的馬辣嗎？」

「滿堂紅？」

「……」

「小蒙牛？」

「……」

「醉麻辣？」

「……」

金毛王還是搖搖頭，持續用屁眼，用力畫圓。

「鼎王？」

金毛王終於艱辛地點頭。

我難以置信：「鼎王那個號稱是中藥跟蔬菜熬出來的湯頭是唬爛的，新聞不是有報嗎，通通都是用味精跟一些什麼濃縮什麼粉的，加水去調出來，還有重金屬什麼小的，你不抵制，還去吃？」

「吃。」

我難以接受：「硬要吃也不是不行，但超化學的東西就應該賣你超便宜啊，鼎王超化學的還賣你有夠貴，你不抵制，還去吃？」

「……」

金毛王沒有回答，他只是瞪大雙眼，露出惡魔附身的扭曲五官。

我隱隱約約感到不妙，想不顧一切開門衝出去，卻已來不及。

金毛王打開嘴巴，噗噗噗噗噗……

一股新鮮的咖啡色糞汁從他的屁股與牆壁之間流出來，還流不停。

「爲什麼要在牆壁上……大便？」

我悲從中來，已無力開門，只能拚命把身體往後縮，不讓地板上的糞汁黏到腳。

「就……就還沒大完……」金毛王喘氣：「忽然……忽然出現的靈感……」

說完，金毛王的肚子發出咕嚕咕嚕的怪聲，又繼續噴屎在牆壁上。

因爲屁股緊緊貼合牆壁，不成形狀的大便汁不僅污辱了牆壁，也順著大腿，沿著小腿，慢慢地流進鞋子與腳踝之間的細縫裡，污辱了一切。

我點點頭。

金毛王愣了一下，也點點頭。

雖然我不知道自己爲什麼點點頭，但金毛王跟我點點頭，感覺好像滿好的，於是我就接著點點頭，金毛王也就斷斷續續向我點點頭回禮，好像靠著這一招點來點去，我們就可以一起共渡難關。

然後我又聽到敲門聲了。

「敲個屁啊！」我大吼大叫，釋放出無限的負能量。

「我們是收到線報的巡警，有居民通報這間廁所裡面有疑犯在進行非法交易，請馬上開門。」門外的聲音很冷靜：「……好臭。」

「臭三小！你說警察我就信啊！聽你的聲音很明顯就是國中生啦！」我暴怒。

「最後通牒，請疑犯馬上開門。」門外的聲音開始不客氣起來。

「真的好臭。」門外還有一個小小的聲音。

「我死都不會開門！滾！」我殺氣爆發。

金毛王舉手。

「……不如，開一下門好了。」金毛王皺眉，維持著他僵硬的塗糞姿勢。

我瞪著金毛王。

金毛王無辜的表情。

「開個屁。」我感覺到自己的聲音有些發抖。

「警民合作啊，我們又沒有……在幹嘛！」金毛王的屁股也在發抖。

氣到發抖。

閃屎到發抖。

「沒幹嘛？看看你現在在幹嘛！」我感覺到自己的頭髮已經豎起來了。

「我只是在大便。」金毛王的表情好像睪丸被踢到。

「裡面的疑犯注意，請立刻停止串供！」門外的聲音冷酷無情。

「我們已經依照法律開始錄音了，你們在廁所裡面的談話，就算是氣音，一樣會變成法庭上的證據。」門外還有另一個聲音：「疑犯請謹慎交談。」

「以爲冒充警察就可以隨便趕人大便嗎！要大便不會去中華電信大啊！」

門外的聲音冷酷無情：「倒數五秒，請躲藏在廁所內的疑犯馬上開門，五……」

「五四三二一！我幫你數！」我大吼大叫。

碰！

然後廁所的門鎖就被子彈炸開了。

門爛開，我看著門外的兩名警察。

其中之一拿著冒著煙的槍，對著我的頭，手指還勾著扳機。

其中之二拿著槍，指著正在牆壁上用屁股寫咖啡色毛筆字的金毛王。

還有一個臉色發青的國中生，他一隻手抓著肚子，雙腿發抖。

很明顯，他就是去報案的，剛剛在門外跟我對峙的那個混蛋。

更明顯，剛剛那一槍已經嚇得他忽然挫賽出來，他的胯下鼓起了好大一包。

面對這一切，我所能做的，就是對著當眾拉屎出來的告密者冷笑。

「你報警，就是要大家看你大便嗎？」

好詩，好詩。

CHAPTER 2
拘留所裡的陰險文青

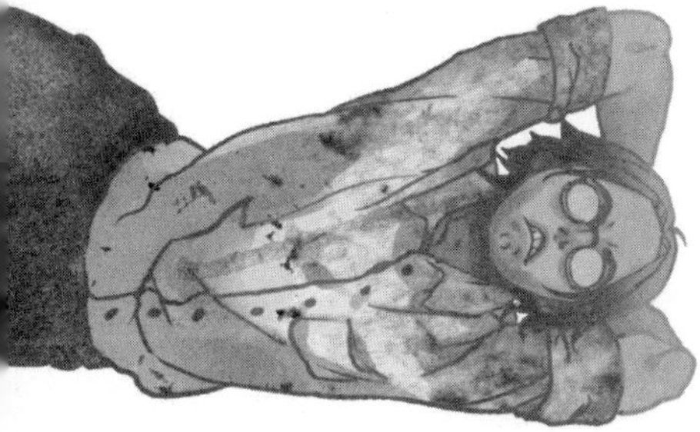

01

這不是我第一次到警察局。

我相信也不會是最後一次。

早知道就在家裡繼續幹素子了，出來探什麼案呢？

「好了不起，覺醒青年嘛！在公共廁所亂搞，還搞到整間廁所都是大便！」

挖苦我的，還是那一位管區警察。

幾個月前大蛇吞了阿祥後變成阿祥2.0，一口氣吞了太多假外星人，在阿祥住處裡睡到一直打嗝又放屁，弄得整個屋子臭氣沖天，被附近居民檢舉有屍臭，房東帶警察開門進去差點沒給一起熏死。

當時承辦那個爛案件的，就是同一個警察。

「不對啊，警察先生，爲什麼到哪裡都你在管啊？」我也很無奈。

「我輪調到這裡啊，你管得著嗎？我中午吃雞腿便當，滷蛋老闆原本只給一顆我拿警徽逼他給我兩顆，你管得著嗎？我兒子昨天數學考七十五分我拿警槍逼老師至少給他八十老師根本就不想鳥我，那個時候你又爲什麼不來管一下？」戴著口罩的管區警察沒好氣地問：「我倒想問你，怎麼你的朋友都是一些不衛生的人啊？」

我搖搖頭，看著跟我銬在一起的金毛王。

金毛王穿上了褲子，但是沒有把炸滿整個下半身的大便擦掉，警察的理由是，恐怖攻擊的證據不能隨意抹除，必須等到犯罪鑑識科拿棉花棒，把肛門附近的糞粒採集完畢後，金毛王才可以去洗澡。

在那之前，警察只是敷衍地給了金毛王一張昨天的報紙，讓他踩在腳下，當做是大便跟這個世界的隔離。

「那個犯罪鑑識科到底什麼時候要來採他的大便！」我看著牆上的時鐘，惱怒不已：「都已經下午兩點半了，就算吃中飯加下午茶也應該回來上班了吧？」

「……」管區警察聳聳肩。

「聳肩是什麼意思？」

「聳肩的意思是說，我們這間小小的派出所，犯罪鑑識科的編制只有兩個人，其中一個人，今天帶他的老婆去做犯罪鑑識科的員工旅行。」

「那另一個人呢！」

「另一個人就是他老婆，所以我才會說是犯罪鑑識科的員工旅行啊！」

「一個派出所只有兩個人在犯罪鑑識科！這兩個人難道不知道平常一起生活就已經夠消磨了，再加上一起工作的話更難維持婚姻幸福嗎！沒有喘息的空間啊！結婚就結婚，我無所謂！我算什麼！但！結婚想去玩為什麼還亂用員工旅遊的名義！這絕對有問題！公器私用！喪心病狂！整間派出所都不用採大便了嗎！喪心病狂！眞的是喪心病狂！」我眞的好氣，差點都氣出眼淚。

「喪心病狂？你們肛交就肛交，肛成這樣才叫喪心病狂！」

管區警察拿出照片。

照片很恐怖，我不想描述，總之就是大便一堆。

「警察先生，我們剛剛不是在肛交，至少不是大家想像中的那一種肛交，眞的不是。」金毛王倒是有條有理：「通常肛交都是要先好好清洗一下，然後再用潤……」

「不要解釋！至少什麼！沒有然後！不管是哪一種肛交我們通通都沒幹！」

我完全不想做這種爛筆錄：「你們開槍破門，萬一不小心子彈彈到我身上怎麼辦？這筆帳我還沒跟你們算！小心我把這件事告訴媒體，你們警察就死定了！」

金毛王靦腆地點點頭。

我用力踹了一下他：「害羞什麼！你那是什麼表情！」

管區警察冷笑：「根據現場錄音，警察已經讀秒警告了，你們還不開門，就是拒捕，拒捕活該死好，誰知道你們在廁所裡面是不是準備開槍啊是不是？」

強辭奪理！

不過就是大便不開門，你開槍破門，哪來的毛病！

「告訴你啦！沒在怕的啦！」我冷笑：「我是九把刀養的狗你知不知道，告訴你，九把刀跟那個常常在臉書上寫文章的呂大律師很好啦！打狗不只要看主人啊，還要看看主人的朋友啦！」

管區警察看起來呵呵呵的：「律師很偉大啊，爲了讓你們有公平的陳述機會，我們會考慮安排你們兩個疑犯，跟律師一起手牽手，回到案發現場重演一下犯罪行爲，這次我們會全程拍下來，到了法庭上放給法官跟記者看，你們也可以申請拷貝一份回家當紀念啦！」

「所以我要再吃一次鼎王？」金毛王眉頭深鎖。

吃個屁！

我眞是給這個爛警察氣到，我馬上行使我的公民權，要求打一通電話出去。

幸好我有把呂大律師的電話記下來。

「呂律師你好，不知道九把刀有沒有跟你提過他養的一隻狗……」

「我知道啊！柯魯咪嘛！」

「不是不是，柯魯咪是不會講話的，另一隻會講話的，叫王大明，就是我本人！」

「所以咧？九把刀最近好嗎？」

「九把刀死不足惜，不過是這樣的，呂律師，我代表處變不驚的九把刀接受讀者的委託，幫忙讀者解決一些問題，然後啊，因爲案件……有一點特殊，我跟讀者……」

「男的女的？」

「男的！」

「嗯，男的，那應該不是色色的事吧？」

「是的，一點都不色，不過因爲案件很神祕，所以我們約在一間公廁裡面聊，放心，是男生的公廁，有馬桶的那種，我們聊到一半，那個讀者因爲沒有帶衛生紙，加上公廁裡面的捲筒式衛生紙也用光了，所以把他的屁股直接擦在牆壁上嚕來嚕去，但很遺憾……」

「目前聽起來已經很遺憾了，還有更遺憾？」

「沒錯，接下來更遺憾的是，他忽然又開始大便，大得整個牆壁都是，他的整個下半身也都是大便，偏偏這個時候警察在外面要我們開門，我眞的很氣，我們只是在裡面聊天，他們竟然隨便懷疑我們在裡面犯罪。你猜怎樣？他們就開槍把門轟開，開槍耶！幸好我看過大風大浪不然我一定會嚇死。接下來我跟那個讀者就被帶到派出所了，他們很過分，竟然不讓他把一身大便擦乾淨，說是犯罪證據，你說這誇不誇張？」

「你要我幫什麼忙？幫你找出版社出小說嗎？」

「不不不不不！我是想請律師過來一趟，幫我痛罵一頓警察，再幫我弄出去！」

「……」

「至於費用你千萬不要擔心，九把刀一定會全額支付的！」

「王先生，你吃藥多久了？」

「啊？我沒吃藥啊？」

「那要不要開始吃！」

呂大律師肯定是一時手滑，不小心掛掉電話了。

我閉上眼睛，用最大的恥力承受著管區警察的哈哈哈嘲笑。

然後我們就被關進派出所裡小小的暫時拘留室了。

沒有擦大便，金毛王應該還是很臭，幸好我的嗅覺已經麻痺。

但對早我們一步就關在同一間拘留室的另一個人來說，就是屎尿地獄了。

「等等，不要再靠近了，你幹嘛不擦大便？」那個人很震驚。

我把他瞧清楚了，那個人是一個大學生模樣的年輕人。

營養不良等級的削瘦，下巴冒出新鮮的鬍碴，雙眼凹陷在深沉的黑眼圈中，鼻子上掛著正圓形的文青眼鏡，看起來就是一副沒有好好讀書、半夜都在狂打手槍的模樣。

不知道他是犯了什麼罪才被拘留進來的，十之八九是在網路上散布低級下流的圖片吧。

「不好意思，我們被關進來只是一場誤會，其實我跟他也不太熟。」凡事有先來後到，我保持禮貌：「我叫王大明，今天可能要勉強你跟我們待在一起了。」

金毛王也向瘦弱文青點頭致意：「你好，不要叫我劉德華，你是？」

瘦弱文青看起來表情恍惚：「啊？劉德華？」

「不，不要叫我劉德華，你是？」金毛王伸出沾了屎氣的手。

「我……我……我是誰並不重要。」瘦弱文青搖搖頭，蜷縮在牢房角落：「不要理我，就當我不存在吧。」

我跟金毛王對看了一眼，慢慢坐下。

這裡沒有直接照明的燈，大概是怕囚犯用燈管自殺之類的吧，唯一的光源就只有走廊上的燈泡，氣氛委靡，我只呆坐了十幾秒就覺得人生毫無希望。

「不過你太臭了，我沒有辦法當你不存在。」瘦弱文青從口袋裡拿出一張面紙，丟在地上：「想辦法，把身上的大便擦一擦。」

金毛王伸手要拿，馬上被我即時將他的手踢飛。

「等等！」我打斷這種平庸的思維：「轉個彎，你也可以不一樣！」

「怎麼不一樣？」瘦弱文青躲在角落黑暗中。

「只有區區一張衛生紙，要如何把他身上的屎都擦乾淨呢？」我將衛生紙撿起來，說：「不如你把衛生紙塞在鼻孔裡，忍耐一個晚上就沒問題了。」

我好心幫他把衛生紙撕開，想撕成兩半，一個鼻孔塞一個，卻一直撕不開。

衛生紙的中間雖然裂成了兩半，卻被一股黏稠的力量給若有似無地吸附在一起。

「……」我看著衛生紙中間那一股黏稠。

那股黏稠，散發出淡淡的，無法在此生此世投胎成人的哀傷。

「有什麼要解釋的嗎？」我平靜地將衛生紙扔向牆壁。

啪的一聲，衛生紙牢牢黏在牆壁上。

「沒有。」瘦弱文青把頭別過去。

這個人，實在是太陰險了。

他會被關進來，絕對不是單純的理由。

金毛王倒是隨遇而安，找了個舒服的角度靠在牆邊，長長地嘆了口氣。

我想起他的故事還沒說完。

「你剛剛說到，那個中皮球跟你打好約定，接下來發生什麼事？」我找了個可以警戒陰險文青的角度坐下。

「我繼續在早餐店打工，不知怎麼的越長越帥，最後帥到突破天際，有許多女學生跟女上班族都因爲我瀟灑的外表爲我痴迷，每天都跑來吃早餐，就算到了中午還是跑來吃什麼早午餐，還說一些……老闆！我要一份跟昨天一樣的！哼，誰知道她昨天點了什麼？面對美色誘惑，我不爲所動。」

「……辛苦了。」

「其實一點也不辛苦，爲了達成跟皮球的三十歲結婚約定，我每天都爲我抵抗美色的努力感到自豪。當然我一直都沒有交女朋友，也不肯跟任何女人約會，就連女生站在櫃檯前點早餐點太久，就爲了多看我一眼，跟我多說一句話，我都會很生氣。眞的，我最討厭那種只看外表卻忽略一個人內在的女人，非常沒水準，書都讀到哪裡了呢？所以我每天賣早餐的時候心情都很惡劣，找錢也常常故意少找好幾塊，反正那些女人根本就沒在看，我找多少她們就拿多少，一點都不體諒父母賺錢不容易，就爲了我的外表……」

「好了好了，知道了，不要叫你劉德華嘛，然後呢？」

金毛王低下頭，鼻子彷彿抽動了一下。

「然後，她就死了。」

中皮球大學畢業後，決定去澳洲打工度假。

但這一去，從此沒有再回來。

根據新聞上說，中皮球在打工的草莓農場，被一群壞心的農夫看上，在草莓園的深處對她百般蹂躪，她誓死抵抗直到最後一刻。

當她被同行的打工女生發現時，已成了一具冰冷的屍體。

那一年，中金毛僅僅二十三歲。

屍體無法運回台灣，只能燒成骨灰。

告別式的時候中金毛連中皮球的遺容都無法瞻仰，只能用大哭大鬧的方式逼家屬打開骨灰罈讓他看一看，還不小心把眼淚跟鼻涕都滴進了罈子裡。

最後，中金毛在遺照下放了七七四十九份鮪魚蛋三明治，外加七七四十九份他一廂情願的手繪蛋液愛心三明治，這才告別了他悲傷的初戀。

心傷了，只是離開告別式當然不夠。

中金毛馬上遠離了故鄉，獨自來到台北打拚，成爲一家早餐店的老闆。

由於老闆驚人的帥度，早餐店的生意始終很好。

早餐店什麼都賣，就是不賣鮪魚蛋三明治。

因爲，唉……

「眞是太感傷了。」我嘆了一口氣。

「感傷什麼?太恐怖了!」金毛王的眼睛裡充滿了恐懼。

一年前開始。

中金毛每一天晚上，都會夢到中皮球。

不管夢的場景在哪裡，中皮球都會站在中金毛面前，一邊吃著鮪魚蛋三明治，一邊用很慢很慢很慢很慢的聲音，說……

「三～～～十～～～歲～～～我～～～生～～～日～～～的～～～那～～～～～～天～～～如～～～果～～～你～～～還～～～沒～～～娶～～～老～～～婆～～～就～～～要～～～～～～～娶～～～～～～～我～～～～～～～～～～呵～～～～～呵～～～～呵～～要～～～～～～～～～娶～～～～～～～～～～～～我～～～～～娶～～我～娶～我～娶娶娶娶娶我我我我我～～～」

當中皮球好不容易說完的時候，鮪魚蛋三明治也吃完了。

中金毛就會滿身大汗嚇醒。

「地獄的時間跟凡人的時間不一樣嗎?你跟那個中皮球應該同歲吧，你早就過了三十歲的危險期啦!」我說。

「不，我三天後才正式滿三十歲。」金毛王很嚴肅地說。

「屁咧。」我做了最簡短的反擊。

「你看起來至少五十。」縮在角落裡的陰險文青也忍不住開戰了。

「不要叫我劉德華。」金毛王神色有些慌張。

「首先，絕對沒有人叫你劉德華，但萬一你看起來眞的像劉德華的話，劉德華也是五十幾歲了，你看起來不像劉德華，你看起來像被劉德華開車輾過的阿伯，不要鬧了。」我冷笑。

「我也不知道該怎麼解釋，我猜想，應該是這一年來我每天晚上作夢都夢到皮球威脅我，逼我娶她，嚇得我外表快速老化，我想……」金毛王看著他爬滿老人斑的雙手。

「你想怎樣我是不知道啦，反正我是不信。」我嗤之以鼻。

「所以我才想找刀大幫忙啊！他想像力那麼豐富！他一定會信的！這種事太奇怪了，如果不是發生在我身上我也是不信……但！只有信了才能幫我！看樣子只有刀大才能夠……能夠……」金毛王痛苦地喃喃自語：「相！信！我！」

相信……相信是嗎？

唉，好像是我不好。

當初我爸爸被溶解的時候，大家何止不信，還送了我半節課的哄堂大笑，害我下意識跟風一起大笑。幹，一想到就有氣，後來我就發誓，不管誰跟我講多唬爛的事，我都要努力相信，這才不會辜負當年那一個被嘲笑的我！

「極速老化……這種事哪有可能……」陰險文青從黑暗中丟出這麼一句。

「你閉嘴！」我火都上來了：「根據英國最新的研究，人類本來就有可能在極短的時間內……變老！這根本就是國中生都知道的常識好嗎！特別在是壓力極大的時候，特別容易一夜臭老，就像宋朝那個養鵰的楊先生，才一個晚上沒看到他苦苦等待的老婆，玻璃心就碎了，老到一夜白髮，最後還崩潰跑去花式跳崖！何況你整整被鬼壓了一年！」

我一轉頭，看見金毛王感動的眼神，心中卻又湧起想揍他的衝動。

「話說回來，你在壓力大個什麼啊？」我皺眉：「當初你那麼愛她，乾脆就娶她的神主牌，跟她冥婚啊！」

「冥婚……如果只是冥婚，那還好解決……」金毛王全身發抖：「我感覺到的是，她想殺了我，用最可怕的方法殺了我！讓我用更直接的方式跟她在地獄裡結婚！真的，如果你看過她出現在我夢裡的那種表情，你就會知道，她一臉就是……想要花十幾個鐘頭慢慢幹掉我的決心！」

金毛王訴說起那些恐怖的夢境。

皮球曾花了一整個夢的時間，拿著刀，非常仔細從各個角度刺了金毛王一百下。

皮球也曾花了一整個夢，用繩子把金毛王綁來綁去，綁到金毛王肌肉爆裂。

皮球也費了一個夢的工夫，拿一支自動鉛筆，插在金毛王的屁眼裡，然後……

「該不會……」我寒毛直豎。

「難道說……」陰險文青的牙齒好像在打顫。

「她就是一直按，一直按，一直按……」金毛王摀著臉：「答答答

答答答……」

夠了，不要再學九把刀的沒梗爛招了。

唉，一個快三十歲的人，被嚇到完全變成五十歲的模樣，眞的是有夠恐怖。

「如果那個皮球小姐眞的要殺了你，你找九把刀也沒用啊。」我誠懇建議：「你應該去找行天宮的阿嬤幫你收驚，或是去找那個通靈少女索非亞啊……總之就是就找廟，找厲害的法師啊！九把刀頂多只能幫你寫一篇龍飛鳳舞的訃聞，你要冷靜！」

陰險文青打岔：「你們剛剛一直提到的九把刀，就是那個……九把刀？」

我們都沒理他。

一個把裹著精液的衛生紙丟過來，要騙我們用它擦全身大便的爛人，不值得我們認眞回話。

「我就是很冷靜，才會想請刀大幫我這個忙。」金毛王恢復理智。

「九把刀再怎麼智障，都絕對不可能代替你娶皮球小姐的，他頂多命令我代娶。」我撥了一下頭髮：「但我幹過雞，幹過豬，也幹過樹，even我還插過蛇，BUT，人生最堅持的就是這個BUT，BUT我看起來，像是會脫褲子幹神主牌的人嗎？」

金毛王端坐，一臉嚴肅地散發出全身大便的氣勢，向我重重磕了一個頭。

「我不是要請任何人幫我冥婚，而是——我想最後三天的期限內，娶老婆！」

十億人有沒有一起震驚我是不知道，但我，我很肯定是驚天了。

這麼簡單的破解方法我怎麼沒想到？

但這個簡單的破解方法，爲什麼一定要找九把刀那爛人幫忙不可？

「要娶老婆還不簡單，講個不好聽的，花錢請代辦買一個就好啦。」我暫時拋開那一些歧視有的沒的，此時就必須用解決問題的角度來思考，才能最有效率地解決問題：「看要哪一國的，還是哪一縣的？」

「不行，娶老婆是一生一世的事，必須要有愛。」金毛王正色。

「都生死關頭了，還愛什麼愛？」我完全否定：「頂多就是皮球跑去投胎後，給一大筆錢離婚就好啦。」

「不！隨便離婚，算什麼眞愛！」金毛王不知道在氣三小。

「好好好，那就好好娶一個眞愛啊，你都被鬼壓快一年了，怎麼拖到最後三天還找不到眞愛跟你結婚呢？」

「……所以要請九把刀幫我徵婚，徵眞愛。」

我簡直要大笑出來了：「我的老天鵝啊，九把刀現在人氣低落，連捐兩千萬給流浪狗都會被鄉民罵虛僞，要幫你徵眞愛？天啊你知不知道這到底有多不可能啊！」

金毛王的臉色就跟他的下半身一樣，都是大便。

「是價錢的問題嗎？」金毛王好像很努力克服自己的沮喪：「我可以出很多錢。」

「這種案件通常不會收費很貴啦，九把刀也是常常在當月老啊，有時候簽書會他看一男一女一起去排隊，如果不是男女朋友，他都會逼男生跟女生當場告白啊，相當沒品，但也有幾對因此眞的在一起，最近還有人結婚……但你的狀況特殊，急著結婚，又指定要眞愛，我覺得……收費上……嗯……」

我邊說邊想。

以一個爸爸被溶解、曾見過山精妖怪、今天早上還在家裡幹蛇的人來說，我是不得不相信金毛王所說的，他的初戀情人變成厲鬼要來跟他索命冥婚了。我有什麼資格不相信呢？

索命期限只剩三天，以金毛王一臉絕對不是劉德華，再加上一身大便的情況，他要找到眞愛的機率，實在是很低很低，如果他三天後一定要死，不如就把錢給我，我幫他花，一定更有意義。

萬一，三天後金毛王僥倖沒死，就跟買基金一樣，我也可以扣掉百分之五的手續費再還給他，總之我穩賺不賠。

「本來我們幫讀者找眞愛，公道價收費八百萬，畢竟是一生一世嘛，但劉先生，你一表人才，痴心絕對，剛剛在廁所烙賽沒衛生紙，卻能急中生智解決問題，遇到警察亂開槍，你又處變不驚，我剛剛決定動用員工價幫你打折，八萬一！美金！」

「換算成台幣是多少?」

「算你兩百五十萬就好。」我眞是佛心。

「……沒問題，一點小錢。」只見金毛王就要伸手拿錢。

陰險文青慢慢舉手。

「你想說什麼?」我白了他一眼。

「我有一個阿姨，老公過世好幾年了，我們叫她再嫁，好有個……」

「依靠。」我不由自主接下去。

「不是，是好有個人可以修幹。」陰險文青皺眉。

一聽到修幹，金毛王整個人精神都來了。

「但我阿姨一直拒絕很多相親的安排，說她如果要嫁，就要嫁給眞愛。所以……如果你們都在找眞愛，說不定可以試試看。」陰險文青慢慢地說：「至於介紹費，我算你一百萬就好，台幣。」

「等等，你這是什麼意思?做生意是這樣搶的嗎?」我大怒。

「我只是想幫忙。」陰險文青更不悅。

「順便賺一百萬!」我大叫。

「錢都不是問題，重要的是這個錢，不是用來買新娘，而是用來請大家幫忙的，是一種正能量的數據化體現。我找找……喏，這張照片拿去銀行抵押至少可以換兩百萬，不用找了。」金毛王從口袋裡拿出一張照片，遞給了陰險文青：「多問一句，你阿姨今年貴庚啊？」

我探頭看了一下。

幹，是眞正的劉德華。

陰險文青看著劉德華的照片，又看了看金毛王：「我阿姨今年剛滿六十，還有腦癌跟睪丸癌，肯跟她在一起的，一定是眞愛。」

等等，怎麼會有睪丸癌！

金毛王搶回劉德華的照片，怒道：「六十歲怎麼可能是眞愛！我還沒滿三十耶！能不能請你尊重一下年齡的差距，她六十，我二十幾，我看起來很熱心嗎！我的工作看起來像是收屍的嗎！」

我哈哈大笑：「太好笑了！請問你對眞愛還有沒有更具體的要求哈哈哈哈哈哈！」

金毛王毫無遲疑地說：「我不是那種學歷萬歲的老古板，基本上國中畢業以以上就可以了。說回年齡，我又沒有戀童癖是不是！做愛還是要合情！合理！合法！年齡的話當然要十八歲以上，考慮到行政院公布的女性最佳懷孕年齡二十五歲，那就十八歲到二十五歲之間好了！」

陰險文青冷笑：「身材呢？」

金毛王大叫：「別問這些有的沒的！好像我是色情狂！身材只要胸部大就可以！其他地方通通都跟哺乳沒關係！絕對不能大！」

我舉起雙手大叫：「這麼好！我也要！」

此時，走廊上的廣播發出聲音：「我聽到你們的需求了，你們的基因沒有問題，我把你們當人看，大家參加唬爛大賽鬼扯半天都累了！聽好了！晚上想吃什麼現在開放點餐！滷雞腿便當？炸排骨便當？炸蝦卷便當？素食便當？還是有人便當吃不慣要吃漢堡的啊？有沒有人不吃牛肉啊？」

陰險文青朝擴音器吐了一口痰，但痰不夠力，只噴到走廊地板上。

金毛王舉手：「我要吃漢堡王大華堡，可樂要零卡，薯條加大。」

我猶豫了一下：「……好久沒吃鬍鬚張了，魯肉飯大碗，白菜滷，筍絲，滷蛋，然後一盤蒜泥白肉謝謝。」

金毛王大叫：「等一下！我也要吃鬍鬚張！我要點跟他一樣！」

廣播：「咖啡要嗎？限星巴克！」

我果斷點下去：「摩卡星冰樂特大杯。」

金毛王：「我要兩杯跟他一樣的！」

廣播：「冰塊呢？」

金毛王跟我異口同聲：「冰塊正常！」

廣播：「哈哈哈哈哈哈哈哈哈哈哈還冰塊正常咧！你們當派出所是你家啊！通通去吃屎吧哈哈哈哈哈哈哈白痴！哈哈哈哈哈哈哈哈哈！」

廣播至少笑了三分鐘才結束。

我跟金毛王看著陰險文青。

陰險文青哼了一聲，不屑地縮回房間裡的最角落。

03

三個小時？還是四個小時？

時間慢慢過去了，我們的肚子都發出咕嚕咕嚕的吼叫聲，派出所還是沒有送任何餐點進來。很明顯這已經完全違憲，肯定也違反了聯合國的人權兩公約，我出去一定要叫呂大律師告死他們！

我非常想睡覺，遺憾的是，金毛王先我一步開始打呼。

眞好，用睡眠逃避飢餓，而疲倦的我卻被這一陣沒品的打呼聲震到無法闔眼。

我呆呆看著空蕩蕩的走廊，看著吊在走廊天花板上的老電視，看著走廊地板上的那一口乾掉的痰，又呆呆看著睡得跟豬一樣的屎尿金毛王，然後再看了看縮在角落裡一直在瞪我的陰險文青。

看來看去，這小小的拘留室實在是沒什麼好看。

離家那麼久，我忍不住擔心起素子。

喔不，我忍不住開始擔心起不小心碰到素子的人。

素子是很盧的，一個腦筋轉不過來，一定又會開始亂吃人，唉，其實吃人也不是一定不行，這個世界上的確有一些人可以吃，但有一些人還真不可以，在我還沒下定決心告訴素子哪些人是可以吃的之前，我希望素子暫時接受通通不要吃人的規則，免得惹上麻煩時又牽扯到我。

我不知道發了多久的呆。

沒有窗戶，也沒有時鐘，感覺不到時間的刻度。

我餓了又餓過頭，餓過頭之後又餓，卻可悲地無法入睡。

陰險文青倒是有始有終，一直都盯著我看。

「喂，你在這裡，有吃過那些警察送來的東西嗎？」

出於太無聊了，我終於回應陰險文青的眼神。

「你告訴我，那個九把刀是不是就是那個九把刀，我就告訴你，我上一餐吃到東西是什麼時候。」陰險文青的眼睛充滿了血絲，不知道要失眠多久才能血絲到那種程度。

「……這麼說，難道他們完全不會給東西？」我忿忿不平。

陰險文青的眼睛瞇成了一條線。

線裡的細微瞳孔，正在反覆掃描我的全身。

「你是不是就是傳說中的，專門幫九把刀搜集靈感的，勇者，王、大、明？」

我聽到自己的名字，不禁肅然起敬，忍不住就點頭承認起來。

「我是一個勇者這件事，已經家喻戶曉了嗎？」我下意識坐挺。

陰險文青凝視著我。

我帥氣地凝視回去。

「你是不是，假裝陪這個變態大叔一起關進來，其實，只是爲了……」

「只是爲了三小？」

「只是爲了，接近我。」

我笑了。

還送上了一根中指。

「接近你幹嘛？我連你爲什麼被關進來都不想知道。」

「沒關係，我理解，不肯承認也是很正常的……我就知道我寫了哪麼多封信給九把刀，他一定會用他的方法跟我接觸。」陰險文青點點頭，把頭默默別過去，看著牆壁壓低聲音：「從現在開始我們講話都不要看著對方，以免被發現。」

「被發現三小？」

「……他們已經盯上我了，如果不躲到這裡，在外面我一下子就被抓了。」

太棒了！

我知道九把刀的讀者裡有很多神經病，但沒想到一天之內讓我遇到兩個啊！

「被誰抓？」我假裝有興趣。

「這種基本問題就不要多問了，讓我們把重點直接劃在關鍵上——九把刀他搜集到了幾片？」

「什麼幾片？」

「到目前爲止，九把刀到底搜集到了幾片？」陰險文青感覺很焦躁。

「你是說A片啊？」跟神經病聊天我最會了啊，我隨便亂講：「九把刀搜集的A片超級多的啊，你要跟他借嗎？」

「借？」

陰險文青像是想看我，卻又遲疑地把視線硬盯在天花板上，慢慢說：「你是不是把我當成神經病？」

「當然不是，不過我既然好不容易用了這麼極端的方法來這裡接近你，就不得不強調，九把刀派我來，是要收費的。」我看著呼呼大睡的金毛王。

「拯救地球這種事如果要收費的話，也是跟美國總統收費，我給不起。」陰險文青的語氣聽起來不太高興，他的視線飄來飄去，就是不看我：「說起來我們也曾在同一條船上，你怎麼好意思跟我收錢呢？」

「同一條船？什麼意思？」我只好補充：「九把刀只叫我來找你，並沒有多說關於你的事。」

「你的屁眼不是被塞過仙草嗎？」

「嗯啊，九把刀有寫在上一本書，《上課不要烤香腸》。」

「我知道書裡寫的都是眞的，比起你被那些西喇瑪星系8-G107區，的，第三行星，的，刺刺武國人強迫在屁眼裡塞仙草，我是被強迫看一種很特殊的A片，差一點就完蛋。」陰險文青的聲音竟然在發抖：「那些刺刺武國人眞的非常沒有人性，非常髒，我的同學……我的室友……通通都……都犧牲了……」

我想我懂了。

偶爾都會有一些重度成癮的讀者，看了太多次九把刀的小說，就以爲自己是小說裡面的角色，光是自稱是柯景騰的就有一百多人，幻想自己是沈佳宜的則有五百多位，《等一個人咖啡》版本的阿不思約有三百多人，《獵命師傳奇》版本的阿不思則衝到了一千多位，非常離譜，證明了九把刀的小說只要買就可以了，要不要看則須要愼重考慮。

而眼前這位陰險文青，很明顯是「上課不要」系列的腦粉，看了我被外星人實驗的情節，就以爲自己也身歷其境，實際上……

「原來如此，被強迫看A片的確是一件慘絕人寰的實驗，替我爲那些壯烈犧牲的你的同學，獻上最沉痛的那個那個……祝福。」我用力搥了自己的腦袋一下，免得忽然笑出來。

陰險文青一時沒有回話。

我用眼角餘光掃到，陰險文青好像在皺眉。

「……王大明，你是不是把我當神經病？」

「唉，如果我把你當神經病的話，又怎麼會千辛萬苦布下這個局，搞得自己被抓，到這種地方跟你接頭呢？」

陰險文青沉默了片刻。

「也是。」

陰險文青鬆了一口氣：「說回正事，九把刀到底搜集到了幾部毀滅級的A片？」

果然還是A片！

果然是神經病！還是一個陰險的神經病！

腦袋裝滿精液的陰險神經病！

「大概有三片。」我東張西望，用氣音說：「不得不說，內容都非常毀滅。」

「你……看過？」陰險文青的聲音聽起來很詫異。

「無法直視，算是沒看吧。」我虛答。

「當然不能看！不過我這裡只有一片，聽說星子那裡也有一片，加起來只有五片。」陰險文青看著手指：「五片……不夠啊！」

這麼簡單的算數都要用手指來輔助，明顯智商偏低。

「星子？」我不意外：「是那個永遠都在徵女友的作家星子嗎？」

「就是那個星子，據說就是因爲他收藏了其中一片毀滅級A片，才耗弱了他的異性磁場。」陰險文青假裝嘆氣：「星子很期待把A片捐出去之後，他的人生從此就不再需要滑鼠跟左手了。」

「你剛剛說五片不夠……那要幾片才夠？」我假裝看著走廊。

「我不是跟九把刀說過很多次了嗎？要七片。」陰險文青假裝看著天花板。

「嗯嗯嗯，只要搜集到七片內容非常毀滅的A片，用七台電腦一起播放的話，就會出現加藤鷹，然後加藤鷹就可以滿足你一個色色的願望對吧？」我終於大笑出來：「幹！超好笑！舞告北七！」

陰險文青勃然大怒，站了起來，全身發抖地瞪著我。

「你……你在耍我！」

「你把打過手槍的衛生紙丟過來耍人，到底是誰沒品啊！」

「我……我！只是在開小小的玩笑！」

「我只是把你當成低級的神經病哈哈哈哈哈哈！」

陰險文青大吼：「那九把刀到底有沒有搜集到三片！」

我大吼回去：「何止三片！他搜集了整整10ＴＢ！」

陰險文青徹底失控了：「沒有達到毀滅級的程度！就算是一萬ＴＢ也沒用！如果搜集不到七片毀滅級的Ａ片！就無法用逆向工程開發出生化防護罩，就對付不了那些刺刺武國人的陰謀！你難道天真的以為那些外星人整天做那些實驗是在做心酸的嗎！你難道天真地以為那些外星人會放過你嗎！你難道天真地以為那些刺刺武國人不會買九把刀的小說來看嗎！告訴你！他們百分之百早就買書了！也一定看了！絕對用螢光筆把他們出現的那幾段都劃起來！他們遲早會找到你跟你那條大蛇怪！然後他們會塞更多仙草到你的屁眼裡！更多！仙草！」

我很平靜地，看著這個氣急敗壞的陰險文青。

ＹＥＳ，我是把發生的一切都告訴九把刀了，他也的確把我經歷的曲折離奇寫成書了，書也的的確確賣了好幾個月，但那又如何呢？

只有不好好上課的國中生才會買九把刀的書來看，而且那些國中生很多都轉職跑去打手機遊戲了。

那些來自刺刺武國的外星人看起來像國中生嗎？

不像。

那些來自刺刺武國的外星人，可能覺得九把刀的書比手機遊戲好打發時間嗎？

不可能。

更重要的是，那些宣稱自己來自刺刺武國的外星人，看起來像是眞正的外星人嗎？

他媽的不像！

他們！

就是！

一群！

假裝自己是外星人的！

變態！

「好啊，再來塞仙草啊，我很期待！」我呵呵。

如果大家都相信九把刀寫的小說，我養的這條大蛇精早就被政府派軍隊捉去實驗了，怎麼還會每天都跟我打砲打到我都射出泡泡了咧？只有像陰險文青這種腦袋不正常的人，才會把九把刀的書當憲法看，信以爲眞啊！

我們大吵大鬧的結果，就是把一身大便臭味的金毛王吵醒。

「鬍鬚張到了嗎？」金毛王打了一個很臭的呵欠。

「沒有鬍鬚張，也沒有星巴克，他媽的沒有任何東西吃。」我連珠炮幫金毛王複習一下本日精華：「全都是因爲你把屁眼上的大便亂擦在廁所牆壁上，害我在這裡聽這個整天搜集難看A片的低級人聊仙草。」

金毛王傻了一下，呆呆地問：「眞的沒東西吃？」

既然金毛王醒了，就換我睡了。

沒有惱人的打呼聲，我很快就進入深層的睡眠。

如果是九把刀，他一定會用ＺＺＺ塡滿整個頁面，但我比較詞窮，只好描述我的夢境——

04

我夢見，那是一個陽光普照的好天氣。

我走進一個飯店最高樓層的露天泳池區，池子裡躺著一條巨大的鯨魚。

我很訝異這麼一大條鯨魚怎麼會在游泳池裡面，是哪個品味詭異的土豪用起重機吊上來養的吧？

鯨魚本身倒是處變不驚，牠笑笑地看著我，好像在恥笑我爲什麼感到驚訝。我對鯨魚帶著鄙夷的眼神感到不滿，於是我也給牠鄙視回去，然後管牠去死開始游泳。

我只游了兩公尺，連換氣都不須要，就撞到那一條鯨魚，我很不滿，這裡是高級飯店吧不然怎麼會有游泳池？那我肯定是付錢來住的吧？啊我付了錢在這裡游泳怎麼可以只游兩公尺？

但不管我怎麼打牠踢牠，這條鯨魚就是賴著不走，給我霸佔整個游泳池。我只好在鯨魚旁邊那短短的兩公尺水道裡來回游來游去，像個鬼打牆的白痴，最後我只能無奈地水母漂，漂啊漂，漂在這短短的兩公尺，漂在鯨魚巨大的鄙視的眼球旁，無力反擊。

「你死定了，這裡是淡水，你一定會死在這裡。」我氣到全身發抖。

忽然。

鯨魚的眼睛眨了一下。

鯨魚全身肥壯的肌肉迅速膨脹起來，唰唰唰唰唰！黑色的皮膚上迸出一條條跟我大腿一樣粗的青筋，青筋瞬間布滿了整條龐大的鯨魚身軀，透出隱隱約約的暗紅色，跟我拳頭一樣大的紅血球在青筋裡衝來衝去，好像子彈。

這一如妖術般的膨脹，整個游泳池池水都震動得很厲害，這下子，我連兩公尺的空間都沒了，我被鯨魚膨脹開的身體擠到泳池最邊邊，可鯨魚還在膨脹，我快要沒辦法呼吸。那時，我聽見了背後頂到的泳池牆畔慢慢裂開的剝剝聲，天啊，游泳池要四分五裂了嗎！

「不要衝動！」我的身體夾在鯨魚跟裂開的泳池之間，肺裡的空氣快被擠光。

鯨魚隆起的背上，那黑洞一樣的氣孔忽然噴出了大量的水。

水柱很強勁，高聳噴出直衝天際，射破了雲端。

哇！

我本能地抬起頭，看著那超大量的水從天而降——

……不對！

這味道不對！

不像是游泳池裡充滿消毒水氣味的水！

聞起來也不像是鯨魚存在體內的海水！

是……

我大叫：「是精液！」

我一邊大叫一邊醒來時，看見金毛王跟陰險文青正對著彼此打手槍。

你沒看錯，這絕對不是你正在看的這本小說太低級，而是我眼前這兩個獄友太下流，爲了詳實記錄下發生的一切我不得不寫出事實，但金毛王跟陰險文青互相眼神交流一起打手槍的那畫面太美我不敢看，我直接抓住鐵欄杆大叫。

「我要檢舉！他們在打手槍！我要出去！快點讓我出去不然我要告死你！」

走廊天花板上的廣播馬上回應：「麥克風測試，麥克風測試，請問這位認識

呂大律師的好市民，你打算怎麼告？」

我大吼：「你瞎了嗎！監視器的角度明明就可以拍到！他們在打手槍！我跟他們距離不到兩公尺！我有被性侵犯的立即危險！我要出去！馬上！」

廣播：「他們只是在打手槍，沒有幫你打，也沒叫你打，而且也沒有看著你打，他們是互看。」

聽著背後古怪的氣喘聲，我快崩潰了：「他們等一下一定會叫我一起打！」

廣播：「那你有要一起打嗎？」

我用力踹欄杆：「死也不要！」

廣播：「不要就不要啊。這位認識呂大律師的好市民，請問你還有什麼要求嗎？」

我全身都抓住欄杆，用盡一生的愛大吼：「我要吃飯！我要吃鬍鬚張！我要喝星巴克！冰塊——正常！」

廣播：「都給你了啊。」

我呆住。

都、給、我、了、嗎？

我慢慢轉頭，看見地上果然有三個用橡皮筋綁住的鬍鬚張便當，跟三杯星巴克的……空掉的塑膠冷飲杯？等等！爲什麼三杯都喝光了？

我感到不妙，迴身一彈，彈到兩名惡劣的獄友旁邊。

「爲什麼我的星巴克被喝了！」我壓抑怒氣。

「不要叫我劉德華。」

「我不會！」我額頭上的青筋肯定是浮出來了。

「哼哼，因爲我們剛剛打賭，誰先打出來，誰就可以喝你那杯飲料。」陰險文青回我話的時候，他的手完全沒有停下來。

「那是我的！我的就是我的！」我大吼：「而且你們根本都還沒打出來！」

「我們剛剛已經比過兩次了。」陰險文青一邊打，一邊驕傲不已地說：「第一場跟第二場都是我贏了。」

竟然已經比過兩次了！我到底睡了多久！

「贏？年輕人終究是年輕人，太衝動了。」金毛王傲氣十足地看著陰險文青的雙眼，打手槍：「我第二場故意不射，就是爲了在這一場一口氣贏翻你！」

「你以爲第二場存起來沒射，就可以增加快感嗎？你太小看打手槍了，我可是在外星人的Ａ片毀滅地球計畫裡活下來的——」陰險文青的手速加快：「地球第一手槍戰士啊！」

我不得不打斷他們的君子之爭：「幹等一下！你第二場也贏了，該不會吃了我的便當吧！」

陰險文青沒有分心回答，只是簡潔地搖搖頭。

我半信半疑，直到拿起地上的便當，發現有兩個已經空了，最後一個卻是沉甸甸的，還微溫，令人感動，這才鬆了一口氣。

「多虧你熬過那種實驗，但那些外星人有我醜嗎？」金毛王的手速又快了一倍。

「不得不說你還是略醜一籌，但比起那些武器級的Ａ片，你算是非常有吸引力的。」陰險文青給予肯定的眼神，手速卻賊賊地飆了上去。

金毛王的手速不變，卻可以感覺到他的腕力在一瞬間增加了三倍：「我也不得不稱讚一下你，你眉清目秀的，散發出一股超凡入聖的神采。」

還超凡入聖咧，倒底會不會用成語啊？

「但我不僅是醜，而且還有一身屎味，對你來說肯定是最大的挑戰吧！」

「是，你很醜，又非常臭，但你不肯認輸的眼神讓我很硬！很硬！」

「那你敢看著我鼻子上的黑頭粉刺打嗎？」

「有什麼不敢？我偏偏覺得你的黑頭粉刺很有型！」

「那我長到人中的鼻毛一定很妨礙你吧！」

「我最喜歡長鼻毛了，不修邊幅才是男子漢！讓我更硬！」

「說不定我等一下會突然大便！嚇死你！」

「不可能的，你半個小時前才吃掉一個便當，依照人體的運作機制，水在胃裡停留的時間大約十分鐘，澱粉類大概兩個小時，蛋白質跟脂肪更慢，約四到六小時，混合在一起完成消化，至少需要十個小時才會形成糞便。」陰險文青越說越專業，說到最後竟然有點分心在解說消化知識上，手速稍微慢了下來。

他這一慢，金毛大叔把握機會火速快打，身體震動的感覺似乎超越了陰險文青。

「可惡！差點被你陰了！」陰險文青趕緊回神，赤裸的下半身前後抖動，巧妙地用屁股的鐘擺效應刺激前列腺的分泌。

「不要叫我——劉德華啊！」金毛王的表情變得越來越猙獰，更巧妙地利用陰險文青的前後擺動，刺激下視丘的色情投射轉換區，將敵人的努力，化爲自己的助力。

陰險文青鼻梁上的眼鏡，鏡片上已布滿慾望的霧氣。

金毛王瀰漫著屎味的下半身，則凸起了上千萬粒雞皮疙瘩。

兩個人你一言我一語，兩個人的手速與握力都在看似平凡無奇的言語之間，默默地增倍又增倍，彼此互瞪的眼神更是一場難以言喻的戰鬥，早已分不清是挑釁還是挑逗，打打打，打打打，兩隻屌，分長短，有時快，有時慢，不管快或慢，打下去，不回轉。

這不只是手槍大賽，同時也是一場嘴砲大賽，難度之高，人格之低，我絕對不想參加，也不想太靠近，以免被流彈誤傷。

我拿起溫溫的便當，小心翼翼躲到牢房的最角落。

我瞪著他們。

是的你沒看錯，我一直瞪著他們。

他們可是趁我睡著時把我冰塊正常的星巴克喝掉的小人，我可不能掉以輕心，我所做的每一個動作，都沒有將我的視線從那兩個變態身上移開，充分防範了他們忽然射出的那一瞬間。

我坐下。

我瞪著他們。

我鬆開橡皮筋，打開便當，慢慢用筷子挾起蓋在白飯上面的排骨。

我瞪著他們。

我慢慢咬住排骨。

我瞪著他們。

我瞪著他們。

我瞪著他們。

我鼓起勇氣，將視線慢慢往下，看著我正咬著的那一塊炸排骨。

我倒抽了一口涼氣的同時，也吸進了一口……

「幹你娘！」我嚇到將被污染的排骨摔出。

排骨啪地一聲打在陰險文青的細老二上，意外地抹上了一層肉油，陰險文青領受這一強大的外在刺激，開始啊啊啊啊啊啊啊啊地咆哮起來，眼看就要贏了。

「爲什麼要射在我的便當裡！」我狂吐口水。

「射在地上的話，萬一不小心踩到怎麼辦？」金毛王焦躁不已地亂打一通。什麼鳥答案！

「是不會射在飲料杯裡嗎！是不會射在你們吃完的便當裡嗎！」我拚命吐口水。

「啊我們一邊比賽一邊吃便當喝飲料啊啊啊啊啊啊！」陰險文青快射了。

「懂不懂！就只有你的便當沒事幹啊！」快輸了，金毛王粗暴地亂打。

忍無可忍，我抓起地上拿來綁便當的橡皮筋，以最大綳緊的力量射向金毛王的陰囊。

啪嗒！

橡皮筋報復性地射中左邊睪丸，金毛王一聲詭異的慘叫。

陰險文青驚喜笑出來的那一刻，金毛王卻射了。

陰險文青呆呆地鬆開手，無助地看著金毛王痛苦地彎曲身體，爬向我翻倒在地上的爛便當，沒命似地朝便當裡面射精。

還沒射完，金毛王便翻著白眼，虛弱地舉起發抖的右手，宣示勝利。

廣播：「飲料喝了，便當也射了，現在贏了要幹嘛啊！」

我看著被徹底污染的便當，忍不住鼻酸起來。

爲什麼？

到底是爲什麼！

這種隨便就來一大段獄中打手槍大賽的劇情，已經不是超展開所能解釋，根本就是亂七八糟！爲什麼我要活在這麼屈辱的劇情裡！爲什麼我那麼餓，卻要拿到這麼卑賤的加料便當！

我再也不想跟這兩個沒人格的人說話。

陰險文青頹然地扶著牆壁，嘆息：「是我輸了，沒想到這個世界上還有人可以在打手槍的領域裡贏過我。今天也算是學了一課，在最後衝刺階段，用橡皮筋射睪丸，可以達到零誤差的絕對射精。受教了！」

金毛王吃力地將他的肥老二，從便當的白飯裡拔出來，還重心不穩往後摔倒。

「依照約定，我可以許一個願望吧？」金毛王的肥老二上面，都是飯粒。

「說吧，不管是什麼願望，我都可以幫你實現。」陰險文青的語氣充滿了敬意。

「雖然一起打手槍很愉快，但我沒有多少時間浪費在這裡了，我得出去徵婚啊！」

「所以你想離開嗎？」陰險文青的語氣充滿了遺憾。

「沒錯，不快點結婚的話，我就會被鬼用自動鉛筆殺死。」

多虧他還記得這件事，但我已經不在乎了。

去死吧，你就好好去死吧。

祝福你被你的初戀情人皮球小姐，活活詛咒而死！

陰險文青低下頭，彷彿下不了決心。

「你答應過的，第一次打手槍誰贏了，誰就可以喝王大明那杯飲料……」金毛王躺在地上氣喘吁吁：「我讓你喝了。」

「是。你讓我喝了。」

「我們約好，第二次誰贏了，誰就可以贏得對方無論如何都要答應的一個願望，你贏了，你許願要跟我再比一次，我也就眞的再跟你比了第三場！」

「是。你無怨無悔跟我比了第三場。」陰險文青的頭垂得更低。

我笑了。

我還是傻傻地笑了。

但爲什麼不管誰贏，都要射在我的便當裡呢？

就算不給我吃，你們誰誰誰就不能好好吃掉便當嗎？

「現在第三場我贏了，我要出去徵婚！」金毛王看向我：「還有他，他也要跟我一起走，因爲他要用九把刀的名義幫我徵婚！」

我笑了。

我不得不笑。

你剛剛把你的老二插在我原本可以吃的便當裡，然後你現在要我幫你徵婚？

金毛王，你不但不是劉德華，你對人性的判斷，還偏差的很可笑！

「我原本以爲，可以把你留下來，等到那些外星人找到我的時候，你可以跟我一起並肩作戰，一起……拯救地球。」陰險文青的聲音聽起來很沮喪。

「地球是誰我不認識啊！鬼要抓我，地球也沒打算救我啊！我只是要徵婚啊！」金毛王可笑的眼淚流出，眼淚彷彿有一百公斤重，壓得他還是爬不起來。

沒救了，就跟我的便當一樣，這兩個人都沒救了。

「那麼，如果眞的有那麼一天，你還是願意……」陰險文青的眼角泛著淚光。

「如果我真的活下去，一定！我們一定要再一起打手槍！」金毛王也激動起來。

「一定？」

「一定！」

幹！

熱血個屁！

說出去就出去啊！有這麼容易的事嗎！

陰險文青光著屁股走到欄杆邊，看著天花板上的廣播器：「我說過了吧，我是台大法律系的，現在我正式擔任他們兩個人的律師，然後我要更正式的告訴你，自從知名印象派大師杜象在西元一九一七年四月將小便斗搬進美術館的那一刻開始，藝術界便等同承認了排泄裝置的特殊藝術價值，幾年前紐約布魯克林美術館也展出了藝術家用大象大便作畫的作品，掀起了一陣熱烈的討論，所以！我的兩位當事人，他們在廁所牆壁上進行的，同樣是一場有創作意識的政治性塗鴉，而非破壞公物！」

我傻眼。

金毛王對著廣播器比出中指：「就是這樣！」

陰險文青面無表情地看著廣播器：「大便本身是一種創作素材，而非單純的排泄物，我當事人的塗鴉有必要借助人類的糞便本身進行一種二次創作，糞便象徵人跟大地萬物之間的消化關係，是一種食物被人類吃進肚子裡後，再由胃與大腸小腸共同進行二次創作的階段性結論，糞便作爲創作的素材，是社會底層人物對社會最卑微的控訴，對黑心食品的強烈指控，爲此，我的當事人還事先食用了採用化學調味的知名火鍋店產品，身心承擔了極大的風險，這位劉先生……」

金毛王靦腆地打斷：「不要叫我劉德華。」

「沒問題。」陰險文青維持著他缺乏抑揚頓挫的陳案語氣：「既然糞便是控訴社會的素材，而這位劉先生的屁眼，可說是糞便創作無可取代的畫筆，他在公廁牆壁上指控這個社會，屬於言論自由的保護範圍，受到憲法的保障，而警方宣稱公廁的牆壁遭到糞便的生化污染，藉此羅織了我的當事人種種罪名，並逕行重新洗刷了該廁所，我必須用最沉痛的心情，做出以下說明——」

我張大嘴。

陰險文青毫不沉痛地繼續說下去：「第一，公廁原本就是大小便的地方，現場肯定沒有貼出不准大便在牆壁上的公告，抑或是標示不清，因此我的當事人並沒有眞正踰矩的不法行爲。第二，我再次強調，我的當事人在牆壁上大便是一種控訴社會的言論自由，受到憲法保障。第三，由於牆壁上的大便塗鴉是一種受到憲法保障的創作，也是非常前衛的藝術，我對警方沒有經過我方當事人同意、也沒有邀請社會賢達人士針對牆壁上的糞作進行鑑定與進一步的學術討論、更沒有在社區召開里民公聽會投票決定是否在公廁保留該項創作之前，就！就！就逕行銷毀我當事人的創作物，導致無法復原的永久性損失，令我的當事人身心重創、理智喪失，還在拘留所裡面崩潰到自慰，我現在正式提出申請調閱此間監視器的拍攝內容，作爲我方當事人身心俱疲的證據。」

我只能鼓掌了。

台大法律眞不愧是當過我們台灣總統最多次的畢業學系，連我都想去念了。

「所以咧？」廣播器的聲音聽起來有些含糊不清，好像一邊吃東西。

「所以馬上放他們出去，我方就考慮庭外和解。」陰險文青堅定的眼神。

廣播器沒有回話。

走廊盡頭的門倒是開了。

來了一個穿著拖鞋的老警察，睡眼惺忪地拿著一把鑰匙，走到我們的牢房前。

老警察一邊開門，一邊朝著裡面打了一個又臭又長的呵欠。

「喂，你嘴角還有飯粒。」我皺眉。

「他懶叫上面也有飯粒啊。」老警察瞥了金毛王的陰莖一眼。

老警察慢慢地將鑰匙插進鎖孔，喀啦喀啦。

「我們可以走了！耶！」金毛王大叫：「我也要念台大法律！」

陰險文青欣慰地笑了笑。

「別傻了，你們可以走是因爲我們關了你們二十五個小時了，按照法律派出所頂多只能羈押你們二十四小時，快點滾一滾，以後不要再隨便亂大便了啊！」

老警察又打了一個呵欠，呵欠裡都是維士比的味道。

沒睡醒的老警察連試了兩把鑰匙都搞錯，正嘗試第三把。

「我們被關了那麼久！」金毛王很吃驚：「那我不就非常危險！」

「等等！你說我們被關了二十五個小時了！那不就多關我們一個小時！」我霍然而起。

「是喔。」老警察聳聳肩。

「是喔什麼！爲什麼可以多關我們一個小時！」我握緊拳頭。如果不多關這一個小時，我就不用看到這麼低級的打手槍大賽！

「時間過得很快，少年仔，一寸光陰一寸精，要珍惜時光啊。」老警察忽然很感嘆，又試了第七把鑰匙，喀啦喀啦。

「我會！我一離開這裡就會叫呂大律師針對你們多羈押我一個小時，告死你們！」我冷笑，冷笑到全身發抖：「讓你們這間派出所倒掉，所有人不榮譽退休！」

老警察點點頭，然後就走了。

就走了。

金毛王跟我呆呆地看著老警察一邊抓頭一邊離去的背影，簡直不知道該說什麼。

我呆呆地坐下，看著原本快要打開的那一扇鐵門。

又看了看，地上那一個被插出一個大熱洞的冷飯便當。

我不想知道金毛王跟陰險文青是不是在瞪我，總之我把頭埋在兩腿之間，無助地把自己封閉起來。突然之間我想寫首詩，俳句也可以，記錄一下此時此刻憂傷的心情。

不知道鴕鳥了多久，我的肚子再度從餓又到不餓，從不餓到非常恐怖的餓。我睡又睡，醒了又醒，半夢半醒，半睡半不睡。

唯一可以提供我計算時間的，大概就是這段時間裡金毛王跟陰險文青又比了兩次打手槍大賽，曾經屬於我的那一個豁鬚張排骨便當，已經變成了奶油白醬丼飯。

我好餓。

除了飢餓之外，我已經喪失一切的感覺。

求生的意志令我啓動了此生最理性的思考。

這個世界上，不管是哪一種病毒，或細菌之類的，它的傳染速度一定有大自然的限制，精液是一種液體，而且相當濃稠，比起稀稀的液體流動得更慢，精液在便當裡擴散的速度一定沒有魯肉汁快速，加上精液裡的蛋白質碰上了飯盒裡的熱氣，慢慢凝固，硬化成白色的不純物，滲透力隨之大幅下降——也就是說，只要我仔細地用筷子把遭到精液污染的部分仔細挖除，頂多再多挖半公分厚的白飯當做是預防勝於治療的阻擋層，我就可以，安心地吃掉便當裡剩餘的部分，而且我甚至不須要把安全的部分全都吃完，我只要吃到讓我剛剛好活下去的程度就可以停了。

嗯，一切都非常合理，我不應該再自己嚇自己了。

我睜開眼睛，看見金毛王跟陰險文青各自倒在牢房的兩個角落，有氣無力地在進行不知道第幾次的打手槍大賽，他們的手已經抖到無法把比布丁還軟的陰莖握好，卻還是堅持凝視對方的瞳孔裡脆弱的靈魂分出高下，讓我欽佩不已。

如果你是一個白痴，卻是一個平庸的白痴，無法成爲全世界前百分之一的白痴，那麼，你不但是一個白痴，還是一個可悲的、隨時都可以被別的白痴取代的白痴，你當一個白痴也就全然沒有意義了。

站在我眼前，用一生懸命精神在比賽打手槍的這兩個白痴，就是不肯屈就、堅持要成爲這個星球上前萬分之一的白痴的，超級大白痴，令我感動。

眞好，我很榮幸見證到這一幕。

於是，我拿起地上那沉甸甸的便當。

人類不該被恐懼征服，應該勇敢地戰勝恐懼。

將呼吸調整到若有似無的狀態，把心歸零，我用筷子仔細地將半固體化的白醬、連同被它徹底污辱的飯粒與炒青菜，仔細地挖出來放在地上。

「你要吃那種東西啊？」金毛王搖搖晃晃，勉強靠在牆上。

「害人精終於害到自己，有個法律用語叫自食惡果，就是這個意思。」陰險文青欲振乏力，雙腳幾乎半跪。

「首先，我鄭重聲明，我沒有要吃那種東西，我是珍惜食物，這個地球上不能因爲有壞人的存在就否認其他好人的價值，差不多的意思。另外，自食惡果不是法律用語，而且自食惡果用在這個時候也不恰當，一定要說的話，這叫害人害己。」我淡淡地澄清，不爲所動地繼續挖出一些疑似被污染的飯粒當做是隔離層。

慢慢的，飯盒裡只剩下薄薄的一層飯粒，以及一顆半污染的滷蛋。

我用筷子精密地切開滷蛋，將被污染的那一半放在地上。

現在，擺在我眼前的，全都是食物的精華，安全，乾淨，又營養。

我深呼吸，雖然還有聞到精液的蛋白質腥味，但那又怎麼樣呢？

其實這小小一間牢房裡的空氣，早就充滿了洨味，畢竟是天下第一手槍大賽的會場，不管我在吃便當還是睡覺，洨味都是我們存在的一部分，既然我吃便當也會聞到洨味，不吃便當也會聞到洨味，那麼我現在吃著便當，便當裡有洨味，到底又有什麼問題呢？

不吃便當，才是眞正輸了。

這便是人生的智慧。

「他把便當都吃光了，等一下我們……要射在哪裡？」

「不用緊張等一下你要射在哪裡，反正你是射不出來了。」

「別小看我，我就快射了。」

「你根本沒硬，沒硬要怎麼射？」

「我軟軟的也可以射。」

「我更軟，但我等一下瞬間就硬了。」

我就不特別標註哪一句話是誰說的了，反正都是低能兒。

我挾起白飯，細嚼慢嚥，每一口都嚼上一百下才吞進肚子裡，好報答農夫粒粒皆辛苦的精神。眞好吃，我深深爲自己的決定感到欣喜不已。

我把乾淨無虞的便當吃得乾乾淨淨之後，還打了一個氣味詭異的嗝。

但我不介意，一切都是自己嚇自己。

我看著雙手中的空便當盒，感激才是我當下真正的情緒，滿滿的都是正能量。

喀啦喀啦喀啦。

是鑰匙插在鎖孔裡的聲音，我們三人不約而同看向走廊的盡頭。

門打開，依舊還沒睡醒的老警察叼著一根菸，手裡拿著三個鬍鬚張的熱便當，以及三杯星巴克的星冰樂。

「……打累了吧？吃一吃再打。」

老警察一身酒氣，將便當放在地上，踢了進來。

我呆呆地看著雙手中的空便當盒，又看了看踢到我旁邊的熱便當。

空便當，熱便當。

「長官，他吃飽了啦。」金毛王疲憊不已彎腰，拿起其中一個便當。

「我知道啊，剛剛在閉路電視上看到他在吃冷便當，我只好等他吃完再拿進來。」老警察蹲下，朝著牢房裡吹了好大一口極臭的菸氣。

我只好等他吃完再拿進來我只好等他吃完再拿進來我只好等他吃完再拿進

來我只好等他吃完再拿進來我只好等他吃完再拿進來我只好等他吃完再拿進來我

只好等他吃完再拿進來我只好等他吃完再拿進來我只好等他吃完再拿進來我只

好等他吃完再拿進來我只好等他吃完再拿進來我只好等他吃完再拿進來我只好

等他吃完再拿進來我只好等他吃完再拿進來我只好等他吃完再拿進來我只好等

他吃完再拿進來我只好等他吃完再拿進來我只好等他吃完再拿進來我只好等他

吃完再拿進來我只好等他吃完再拿進來我只好等他吃完再拿進來我只好等他吃

完再拿進來我只好等他吃完再拿進來我只好等他吃完再拿進來我只好等他吃完

拿進來我只好等他吃完再拿進來我只好等他吃完再拿進來我只好等他吃完再拿

進來我只好等他吃完再拿進來我只好等他吃完再拿進來我只好等他吃完再拿進

來我只好等他吃完再拿進來我只好等他吃完再拿進來我只好等他吃完再拿進來

只好等他吃完再拿進來我只好等他吃完再拿進來我只好等他吃完再拿進來我只

好等他吃完再拿進來我只好等他吃完再拿進來我只好等他吃完再拿進來我只好

等他吃完再拿進來我只好等他吃完再拿進來我只好等他吃完再拿進來我只好等

他吃完再拿進來我只好等他吃完再拿進來我只好等他吃完再拿進來我只好等他

吃完再拿進來我只好等他吃完再拿進來我只好等他吃完再拿進來我只好等他吃

完再拿進來我只好等他吃完再拿進來我只好等他吃完再拿進來我只好等他吃完

等他吃完再拿進來我只好等他吃完再拿進來我只好等他吃完再拿進來我只好

好等他吃完再拿進來我只好等他吃完再拿進來我只好等他吃完再拿進來我只

只好等他吃完再拿進來我只好等他吃完再拿進來我只好等他吃完再拿進來我

再拿進來我只好等他吃完再拿進來我只好等他吃完再拿進來我只好等他吃完

完再拿進來我只好等他吃完再拿進來我只好等他吃完再拿進來我只好等他吃

進來我只好等他吃完再拿進來我只好等他吃完再拿進來我只好等他吃完再拿

再拿進來我只好等他吃完再拿進來我只好等他吃完再拿進來我只好等他吃

進來我只好等他吃完再拿進來我只好等他吃完再拿進來我只好等他吃完再拿進來

老警察打量著我：「認識呂大律師嘛，好了不起嘛。」呵呵呵呵地笑了，朝著我的臉又吐了一口煙：「你猜猜，呂大律師跟呂布有什麼關係？」

我呆呆地搖搖頭。

「答對了，沒有關係。」老警察朝我的臉彈了一下菸灰。

我呆呆地摸著臉上燙燙的菸灰。

「那你猜猜，我跟呂大律師有什麼關係？」

「……」

「猜對了，也沒有關係。」

「最後一個問題。你猜猜，你可以出去這裡，跟呂布，跟呂大律師，還是跟我，有關係？」

「跟你。」

醉醺醺的老警察從後面的口袋裡，拿出一本被壓得超縐超扁的筆錄。

「答對了，其實呢你們從被抓到現在爲止，胡說八道的東西通通都寫在這上面。」老警察隨手指了一下天花板上的監視器：「你們在這裡亂七八糟的事，也都被我記錄下來。」

「……」

老警察拿起菸，在筆錄本上燙出一個洞。

那個洞越來越大，然後就整個燒了起來。

筆錄變成了一團火焰。

老警察聳聳肩，好像這件事他做過無數次一樣：「監視器裡的錄影，我也隨時都可以洗掉，反正公家機關的閉路電視常常沒有畫面，已經是日常了。」

我點點頭，完全了解。

只要這些警察想要我們完全沒來過這裡，我們就——完全沒來過這裡。

我們沒來過這裡，也就，無所謂什麼時候離開這裡。

他想把我們關到什麼時候隨便他高興。

「知不知道跟你們關在一起的那個台大法律，他犯了什麼罪，怎麼還沒出去嗎？」

「不知道。」

「上個月，半夜一點，他在東南亞戲院樓下邊走邊吃冰，被我們的同仁在路邊盤查，要他交出身分證時，這個台大法律竟然主張我們警察除非是定點式的路檢，否則不能無緣無故針對沒有可疑行爲的人做檢查，說我們警察這是違法，還背出違反的是警察職權行使法第六條，他有權力不合作。」老警察呵呵呵地點點頭：「他當然有權力不合作，因爲我們常常只是沒事想整一下路人嘛！」

我點點頭，完全理解。

我手中的空便當盒，也完全理解。

站在我後面一邊打手槍一邊吃便當的那位台大法律，也一定徹底理解。

「年輕人要好好珍惜光陰啊，時間得來不易，寸精難買寸光陰啊……像他在這裡被關了一個月，都關出幻覺了還走不掉，又能怎麼辦呢？上一次我們把一個台大法律關到手抖漏尿，這次，我們再把一個台大法律關到整天找牢友比賽打手槍，你呢？你念哪裡的？」

「精誠中學。」

「念精誠中學好啊，那些年嘛。」老警察一身酒氣，腳上的拖鞋還左右相反：「總之呢，要不要尊重法律是大家的個人自由，想尊重的人就去念法律，不過要是想從這裡出去的話，就要懂得尊重——警察。」

「尊重法律跟尊重警察，不是一回事嗎？」我微笑。

「你尊重警察，你想尊重法律呢我們就尊重你。」老警察微笑到不行：「你不尊重警察呢，你不管怎麼尊重法律我們都不鳥你，這樣懂不懂？」

是的，完全正確。

我完全懂了！

「警察大人，請問我可以打一通電話嗎？」

「打給呂大律師嗎？」

「不是。」我恭恭敬敬地說：「打給我一個朋友，我想請她帶禮物過來一下。對了警官，新的iphone你買了嗎？」

「這個態度就對了，來，用我的手機打吧。你看看，我的手機買半年了，都舊了，我覺得新一代的iphone相當不錯，但256G的才夠用。」

「白色好還是黑色啊？」

「不是剛剛才出了一個紅色的特殊版嗎？」

「對耶，紅色的很吉祥！」

隔著鐵柵欄，我放下手中的空便當盒，接過老警察遞過來的手機，撥出號碼。

「素子嗎？我在一個很好的地方，妳空著肚子來就可以了。」我向老警察問了警局的地址，仔細複述一遍，接著說：「越快越好，記得一定要帶著尊重警察的良好態度，知道嗎？再見。」

我將手機還給老警察。

「你剛剛提過說要帶禮物，怎麼沒在電話裡提一下呢？」老警察有點疑惑。

「……我幹你娘。」我笑得很燦爛。

「啊？」

「我幹你娘，有種你就洗掉監視器畫面。」我向自己比了一個讚。

老警察點點頭，非常滿意地看著我：「很好，我喜歡像你這種勇於挑戰社會不公不義的覺醒青年，非常好，我馬上就去洗畫面。」

老警察站起來，拍拍屁股，轉身就走。

「我猜你絕對不敢洗畫面！」我在後面大叫：「你只是去喝酒！」

老警察打開走廊盡頭的門，頭也不回地大笑。

「我一邊喝酒一邊按delete！哈哈哈哈哈哈！年輕人就是年輕人！太衝動啦！」

不知道其他年輕人怎麼樣，但我真的很衝動。

但衝動就衝動了。

我虛弱地躺下來，將熱便當放在我的肚子上，溫暖我太過衝動的靈魂。

金毛王跟陰險文青停止手中的戰鬥，看著我，用一種肅然起敬的眼神。

「大雄，我從來就不知道，你是一個眞正的男子漢！」金毛王向我敬禮。

「我叫大明，王大明。」我閉上眼睛。

「我再重複一遍，我是故意不合作故意被關進來的，你所做的一切，我都不會感激。」陰險文青冷冷地說：「甚至我還會感到很困擾，我很難找到比這裡更隱密的地方。」

「當然，一切都是我個人的衝動。」

我感受著肚子上的溫暖。

感受著，腦袋裡的那一股無法形容的，像火焰一樣不斷張牙舞爪的東西。

CHAPTER 3

謝謝妳，湯唯

01

麥當勞是一個很神奇的地方。

每次素子大吃一頓之後，我們好像都會到麥當勞稍微坐一下。

金毛王也把握了麥當勞廁所的洗手台，用硬硬厚厚的擦手紙把他屎味十足的下半身擦乾淨，不然我實在無法再多跟他相處一秒。

我們三個人報復性地點了六個全餐，薯條全部加大。

素子就沒點了，她最飽。

「警察是屬於可以吃的人嗎？吡吡吡！」素子看起來非常滿足，還有點微醺。

「只有少部分的警察可以吃，大部分的警察都是好的，不能吃。」我努力解釋：「我特別出門找了兩天才找到剛剛好可以吃掉的警察，所以趕快打電話叫妳來吃，妳平常可千千萬萬不要吃警察，知道嗎？一個都不能吃！」

素子的臉紅紅，心情超級好的樣子：「知道了吡吡吡，警察吃起來有一種飄來飄去的感覺，明天你再出門找給我呲呲呲！」

唉，一定是那個老警察喝了太多酒，才搞得素子出現醉態。

陰險文青跟金毛王看著臉紅紅的素子，一動也不敢動，桌上的薯條都涼了。

雖然陰險文青在九把刀的書上曾經看過素子是一條吃人大蛇精的故事，但看書，看國家地理頻道，跟看大蛇在現場吃人Live秀，完全是不同一回事。

陰險文青坐挺挺看著素子，而金毛王則兩腳在桌底下直發抖。

「我就知道，小說裡寫的都是眞的。」陰險文青的聲音聽起來很不自然：「她叫素子對吧，她吃完人之後打的嗝特別臭對吧？」

「是，你好，我叫素子呲呲呲。」素子微笑的時候，已經模仿得非常接近人類：「我的夢想是成爲一個眞正的人，以後請多多指教呲呲呲。」

「妳好……我叫陳柏達，台大法律系大七，第一專長是憲法，第二專長是社會秩序維護法，興趣是打手槍，不過打手槍光靠興趣是不行的，最近我正在研究，在任何情況下都可以打手槍打到射的技巧。」陰險文青居然說了自己的名字，還伸出手。

素子整天在家裡看各種戲劇，完全了解這個社交禮儀，於是握了握手。

「手偏冷，不愧是蛇精。」陰險文青打了個冷顫，點點頭：「請問妳變成人之後，還須要蛻皮嗎？」

素子點點頭，又搖搖頭：「偶爾還是要蛻皮的吡吡吡，但是等到我變成一個真正的人類，我應該吡吡吡就不須要蛻皮了吧吡吡吡。」

眼看陰險文青可以跟蛇精自然交談，金毛王也不甘示弱伸出手。

兩人握手，我看見金毛王的手臂上起了一陣雞皮疙瘩。

「素子小姐，不要叫我劉德華。」

「好的吡吡吡，請問我該怎麼稱呼你呢？」

「不要叫我劉德華。」

「我知道劉德華是誰吡吡吡，我有看過他演的很多電影，我最喜歡他演的電影第一名，是他跟鄭秀文演的『孤男寡女』，第二名是一部打麻將五筒扮四筒的電影，我知道你不是他吡吡吡。請問你的人類名字是什麼吡吡吡？」

「不要叫我劉德華。」

「我知道你不是劉德華吡吡吡，所以我不會叫你劉德華吡吡吡，那我應該怎麼叫吡吡吡你的人類名字？」

「不要叫我劉德華。」

臉紅紅的素子轉頭看著我，用一種我從來都沒有看過的表情：「大明呲呲呲，我有一種前所未有的感覺，不知道該怎麼形容呲呲呲。」

我嘆了一口氣：「既然想當人，就試著形容看看吧。」

素子想了想，說：「呲呲呲就是我一點也不餓，卻非常想吃掉這位先生，但是呲呲呲卻不是單純的吃，而是想吃下去馬上吐出來的那種呲呲呲……那種呲呲呲……這樣的想法呲呲呲，是不是就是人類所說的矛盾呢呲呲呲。」

我正在思考該怎麼給素子解釋時，陰險文青馬上就開口了。

陰險文青非常有系統地分析：「素子小姐，妳說不餓卻想吃他，這種感覺叫做不爽。妳說想吃又想吃下去馬上吐出來，那就不叫吃了，那要殺。兩句話加起來，就叫做——妳對這個人很不爽，想殺了他。」

金毛王皺眉。

素子恍然大悟：「原來這就叫做殺呲呲呲，我在電視上常常看到描述這種感覺的戲劇，呲呲呲我從來沒有過這種奇怪的感覺。我不喜歡這種叫做想殺人的感覺呲呲呲。」

我想說點什麼，陰險文青馬上就說了：「素子小姐，妳如果想成爲一個眞正的人類，就不要太介意自己有這種感覺，因爲人類跟大自然的生物有一個很大的不一樣，就是人類不只常常對自己的同類有想殺掉的感覺，還常常眞的這麼做了。妳想殺人，這就是人類。」

素子感到很困惑，看著我：「呲呲呲但是大明說，人類是不會……」

陰險文青斬釘截鐵地打斷她的疑問：「人類是很複雜的，王大明只是其中一個人類，妳要當人類，就不能只聽一個人類的觀點。妳想殺人，妳會對人不爽，這就是人類的一部分。」

素子再度恍然大悟：「呲呲呲素子有一點高興，素子又更接近人類一點了嗎呲呲呲？」

陰險文青給予肯定：「沒錯。」

有一種奇怪的感覺塞在我的喉嚨，這種感覺非常非常濃烈，濃烈到我整個腦子都暈了起來。

「那我呲呲呲現在可以殺了這位先生嗎？」素子看著金毛王。

我大吼：「當然不行！」

麥當勞裡的人全都看向我們這桌。

素子好像被我嚇了一跳，她看了看我，又看了看陰險文青，也看了看金毛王。

金毛王一動也不敢動，全身僵硬。

「妳想當人，就要當好人，好人是不能殺人的！」

陰險文青冷冷地看著我，不說話，卻已經用他的態度用力打了我的臉。

「至少不能隨便亂殺！」我壓抑著不知道打哪來的怒氣：「妳跟他見面才多久，就想殺了他？他做了什麼讓妳不爽，不就是他明明不是劉德華卻偏偏一直在那裡鬼打牆叫妳不要叫他劉德華嗎？妳不爽我也不爽啊！我不爽我有殺了他嗎？就算我想殺了他但我有真的殺了他嗎？沒有嘛！有些可怕的想法在心裡想過就算了，不可以真的做！人類的世界是有法律的！」

「那個老警察跟你相處多久，你花了多久時間決定要殺了他？」陰險文青冷笑。

「那又怎樣！爛警察！」我覺得完全不可理喻。

「就算那個故意等你吃完精液便當、才送新便當進來的爛警察該死好了，顧門口那個菜鳥警察呢？剛剛好在政風處辦公室泡茶那個老民代呢？正在打掃廁所那個工友太太呢？他們根本沒什麼惹你吧，不也都被素子順便給吃了。」陰險文青倒是越說越找死：「王大明，你自己是一個道德感只有四十分的人，卻想教素子成為一個道德感一百分的人。」

「名師出高徒沒聽過嗎！」我暴怒。

整間麥當勞裡的人，不管是在談戀愛摸來摸去、搞直銷、找援交、一對一家教、還是假裝在寫功課的人，通通都看向我這邊，還有人偷偷拿手機拍我。

「看什麼看！再看就把你們通通吃掉！」我拍桌。

素子驚喜不已：「眞的嗎呲呲呲！」

我吼她：「白痴嗎！我說說而已！人類就是一種很容易講氣話的動物！我在講氣話啊懂不懂！」

素子感到疑惑，顯然她看過的戲劇不夠多，至少不夠多到讓她明白人類有多衝動。她好像想說什麼，卻被陰險文青按住她的手，搖頭示意別接話。

氣氛很僵，我卻一直無法平復心中那股巨大的不爽。

我一秒吃完我手中的一把薯條，強自鎮定。

我有一種，如果我太認眞探索爲什麼我那麼不爽，我就會越來越不爽的強烈預感，爲了避免我整個炸掉，我專注在慢慢咀嚼滿嘴的薯條裡。

我灌了一大口快沒氣的可樂，把碎成泥狀的薯條呑下。

「好，我們來檢討一下，現在有幾件事得做。」

我拿出手機，朝正在發呆的金毛王拍了一張照片，再點進九把刀的臉書粉絲團：「首先，我要發出緊急徵婚令，在厲鬼皮球小姐殺掉你之前，幫你徵到一個老婆。你有什麼條件儘管開出來吧。」

金毛王欣慰地撥了一下頭髮，說：「不都在派出所裡說過了嗎……」

陰險文青乾咳了一下：「咳！我們從來沒去過什麼派出所，知道嗎咳咳！」

金毛王遲了兩秒才聽懂：「啊！對！什麼派出所我從來沒去過！總之我的徵婚條件很簡單，但也很不簡單，就是要眞愛！我的眞愛就是！年紀至少要滿十八歲，但不能超過二十五歲，胸部要大，其他的部分都不能大，最重要的是必須對我一見鍾情！」

我面無表情地將金毛王的需求一五一十寫在九把刀粉絲團上，再打上這間麥當勞的地址，限時十四個小時，十四個小時過後還沒徵到的話，第十五個小時皮球小姐就會依照約定把金毛王殺掉，兩個人去地獄裡冥婚。

……很好啊，干我屁事。

「沒事的話，你就在這裡好好等你的眞愛出現。」我感到一陣空虛與疲乏：

「我要回家睡覺了，素子，我們走。」

「來，收下我的報酬，這只是訂金，等我結婚以後還有後謝！」金毛王不意外拿出一張劉德華的照片，迅速在上面簽了個名。

我收下，點點頭，然後在下樓的時候把它扔進轉角垃圾桶裡。

素子跟著我下樓，預備離開麥當勞的時候，忽然聽見身後一陣大叫。

02

「等等！」

陰險文青衝出門市，喘著氣：「我是眞的要找九把刀！」

「後來我想起來了，九把刀的確有收到你的信，但標題有A片實在太無恥了我就沒點進去看。」我依舊面無表情：「台大法律，你到底想說什麼？」

「九把刀假正義！反直銷！亂救狗！人又爛！他肯定也被那些外星人私下修理過！那又怎樣呢？九把刀的思維特別詭異，要擊敗外星人就不能用常理思考，我需要九把刀跟我一起想出用A片反殲滅外星人的辦法！難道！我們要放任那些外星人一直在地球上違法！違憲！不顧社會秩序維護法地硬逼大家做實驗嗎！」

陰險文青握拳，越說越激動：「被做過實驗的人，幾乎都無法正常回歸社會！你看看你，現在活成什麼樣子！你看看我，我又變成了什麼樣子？我是一個高級知識分子，難道不知道到處找人比賽打手槍是一件很丟臉的事嗎？我就算知道又怎樣！我就是停不下來啊！」

「那又怎樣?」我冷回。

「什麼那又怎樣!就是因為被那些外星人狠狠整過,才深切知道那種痛苦!己所不欲勿施於人,我陳柏達!在這裡發誓!我絕對要堅決抵抗那些外星人到底!王大明!你自己不也嚐過那種痛苦嗎!那些外星人遲早會再找上你的!」

那又怎樣這四個字到了九把刀手上,他一複製貼上,至少連續貼十頁。

但我不是九把刀。

那又怎樣那又

那又怎樣

一頁就可以了。

我冷冷地說：「我有素子，那些外星人不管來多少人，我都會叫素子吃了他們。」

還在微醺的素子皺眉：「警察比外星人好吡吡吡……」

「等等！」陰險文青大吼。

等三小。

「素子小姐！妳要怎麼當蛇我不管！但妳要當人，就要當一個覺醒的人！當一個有自主意識！明白權利與義務！真真正正的一個人！一個完整的公民！」

就在麥當勞門口，陰險文青大剌剌開始他的假熱血演說：「妳如果要對付外星人，也要出於妳的自願！不能王大明叫妳做什麼妳就做什麼！妳的胃是妳自己的！妳的身體也是妳自己的！妳有身體自主權，妳一定不能完全聽王大明的話去當人！妳要——自！己！當！人！」

無聊。

「走了。」我說。

素子沒有走。

「……回家了。」我冷冷地說。

素子的身形好像微微晃了一下。

我不想說第三次。

不想走就不想走，我無所謂。

我轉身離去的時候沒有看素子。

我連眼角餘光，都沒有把素子的一點點側臉裝進去。

我一點也不想知道素子現在的表情是什麼。

我一直走一直走，沒辦法停下來。

我知道一停下來會發生什麼事，我只能一直一直這麼走下去。

我走在大馬路上，踢了垃圾桶很大一下。

走過夜市，買了十五串鳥蛋邊走邊吃，吃完再把剩下的長竹籤通通插在一個小妹妹正在吃的棉花糖裡，插到第十一根她媽媽才發現。

走進地下道，故意在賣花的輪椅大嬸面前來回走了七八次假裝認眞考慮卻什麼也不買。

走過河濱公園，一共經過了二十四對正在暗處偷摸奶接吻的小情侶，每一次我都站在他們面前拚命鼓掌，一直鼓掌直到他們羞愧跑走。

走到社區籃球場，看見兩個正在單挑三分球的老人玩得很起勁，於是我就把球撿走踢飛。

走過不知道名字的小巷，我拿了一個寶特瓶去角落尿尿，然後把整瓶尿倒進一個舊衣回收桶。

最後，我走到了一座橫過車水馬龍的天橋上，想著可以把什麼東西丟下去亂。

想著想著，我的手上已多了一隻鞋子。

我的左腳光了半小時，都遲遲沒有再把鞋子穿上。我乾瞪著天橋底下的車流試圖發呆，可我完全發不了呆，也無法假裝麻木，只覺得手上的鞋子好像有一顆隕石那麼重。

對一個不會抽菸的人來說，要具體的表達出心裡的難受，真的是非常困難。

我只好哭了出來。

哇哇大哭起來。

「你爲什麼哭？」

我抽抽咽咽轉頭，素子就站在我後面。

素子看著我號啕大哭的，悲慘至極的臉，完全不明白我在哭三小。

「妳跟蹤我多久了？」我好羞恥。

「我一直都在你後面呲呲呲。」

「一直嗎？」

「從一開始呲呲呲我就一直走在你後面啊。」

「那妳不就看清楚了，我就是一個非常爛的人啊！我把老人的球踢走！」

「那些老人看起來呲呲呲好像很不高興呲呲呲。」

「那妳也看到了啊！我尿在舊衣回收桶裡面！我的尿很黃！很臭！」

「不應該尿在那個綠色箱子裡嗎呲呲呲？」

「不應該！很不應該！我最爛了！」我號啕大哭：「嗚嗚嗚……妳跟一個這麼爛的人學怎麼當人，只會越當越爛！總有一天妳也會尿在舊衣回收桶裡！」

「尿尿在綠色的箱子裡呲呲呲眞的是不好的事嗎？」

「不好！很爛！」我哇哇大哭。

「那你以後也不要吡吡吡尿在綠色箱子裡吡吡吡……」

「我要！我要尿！因爲我就是那麼爛！」

我哭到一個不行，扯開喉嚨在天橋上大叫：「就因爲我太生氣了，我就叫妳吃光整間派出所的人！那個顧門口的小警察只有一點點惹我就被吃了！因爲我！不是妳！那個掃廁所的大嬸完全沒惹我，也被吃了！因爲我！不是妳！那個大嬸家裡一定有小孩有老公的啊！她只是好好出來掃地賺錢就被吃了！就跟我爸爸一樣倒楣！以後她的小孩長大了一定跟我一樣壞！一樣做什麼事都烙賽！還有那個老民代……不管他有沒有亂包工程黑錢，他也沒惹我就被吃了！他有夠可憐！他只是來泡茶……」

「吡吡吡。」

「就算是那個變態老警察！他也只是非常爛！但也沒有我爛……好吧妳可以吃他！但其他人眞的就很倒楣！他們的死通通算在我頭上！是我害死他們的！就因爲我被亂關！被騙吃精液便當！那又怎樣！他們就這樣被吃掉了！被吃掉了！被！吃！掉！了！」

我哭到無法呼吸。

素子眼睛大大地看著我。

「大明呲呲呲……你不要太難過了呲呲呲，他們都變成我身體裡的一部分。」素子好像很努力在腦袋裡的人類戲劇系列裡，搜尋可用的金句：「我看過類似的劇情呲呲呲……這個時候，我是不是呲呲呲該說，我會連他們的份一起活下去的呲呲呲？」

「……是！」我哭到鼻涕都噴出來了。

「那就沒問題了呲呲呲，我一定會連他們的份一起活下去的呲呲呲！」素子伸出手，比了一個很生硬的讚：「就跟阿祥一樣呲呲呲。」

眞是一個莫名其妙的動作。

卻把我逼出一個突兀至極的大笑。

「你笑了呲呲呲，我剛剛做的，這就是傳說中的呲呲呲安慰嗎？」素子仔細觀察我。

「……很像了。」我不知道該怎麼回應。

其實我還是很想哭，但如果我繼續大哭下去，想學習當人的素子一定很氣餒。

我忍住哭泣、卻又同時忍住笑的表情，一定很扭曲。

「只是很像而已嗎吡吡吡。」素子想了想：「你轉過頭去吡吡吡。」

「……」我轉過頭去，宣洩似地大哭起來。

片刻過後，素子說：「吡吡吡再轉過來。」

我慢慢轉過頭去。

幹！

是湯唯！

「妳……」我驚駭莫名。

「吡吡吡像了嗎？」

「像。」我感到頭暈：「鼻子還可以再塌一點點更好。」

於是素子的鼻子就再塌了一滴滴。

「吡吡吡我不知道要吃多少人，才可以把我吃到的吡吡吡ＤＮＡ重組成湯唯的樣子，所以這兩天吡吡吡大明不在家的時候，我就一直吃一直吃一直吃吡吡吡……」

我瞠目結舌，整個彈出悲傷的大海。

我猜想我的左鄰右舍都被吃了，搞不好房東也被吃了，剛好來送廣告信的郵差也被吃了。幸好我爸爸早就被全身溶解了不必被吃，不然現在一定很尷尬。

「但你不要太擔心吡吡吡，我吃人的時候都盡量吡吡吡有把正好看到我吃人的人，通通都吡吡吡吡一起吃光，不會有人發現的吡吡吡。」素子僵硬地比了一個意義不明的讚：「我也會把他們的份，通通都活下去的吡吡吡！」

面對湯唯版本的素子，此時此刻，我眞不知道該說什麼。

「大明吡吡吡你叫我吃掉整個派出所的人吡吡吡的時候，我很高興，因爲又可以吃人了吡吡吡……所以你不要太難過了吡吡吡，如果大明覺得吡吡吡那個廁所的大嬸被我吃掉了很可憐吡吡吡，我可以……」

說著說著，素子的臉肌肉與骨骼開始旋轉，重新組合，連身材也慢慢膨脹。

由於不須要思索該怎麼拼湊基因，只是把吃過的基因直接召喚出來，素子只花了十幾秒，就從湯唯變成了我不知道名字的掃廁所大嬸的完全體。

「我可以變成她呲呲呲跟大明做愛，這樣大明是不是就比較開心了呲呲呲？」素子咧嘴，將大嬸的五官拼湊出一個疑似色情廣告的燦笑。

我搖搖頭。

此時此刻，上天，乃至整個宇宙，能給我的台詞，只有一句。

「湯唯好了。」

03

窗外的陽光灑在湯唯細緻的圓圓臉上。

湯唯酣睡著。

從來沒想過，這會是我一早醒來時看到的第一個畫面。

我伸手，摳去湯唯……不，是素子小場鼻上，早已乾掉的蛋白質。

「你醒了吡吡吡。」素子的眼睛眨了眨，眞是好看。

「嗯。」我看的都呆了。

「要繼續做愛嗎吡吡吡？」素子的臉躺在我的臂彎裡。

「妳喜歡跟我做愛嗎？」我感到迷惑。

「喜歡吡吡，我喜歡像人一樣跟大明做愛吡吡吡。」素子骨溜骨溜地鑽進了被窩。

這一鑽，讓我好不容易爬出棉被時，已是兩個小時以後的事。

素子在浴室鏡子前練習刷牙，我在馬桶上大便，看著顫抖不已的雙腿。

每天都打砲打到腿軟，我肯定活不過三十歲就腎虧而亡。

素子刷牙，歪著頭看著鏡子裡的我。

「我喜歡人類呲呲呲那種，呲呲呲……很容易就原諒自己的天性呲呲呲。」

「……嗯啊，人類很有本事原諒自己的。」

我低頭看著手機裡的九把刀臉書粉絲團，金毛王的徵婚啓事的回文都是嘲笑，不正經沒關係，大家都很不正經，但不停酸一個人又肥又醜又想找正妹幹就很冷血了。

今天不管是不是醜男，大家都想幹正妹啊，爲什麼帥哥想幹正妹大家都按讚，醜男想插正妹就要被攻擊到體無完膚呢？

人類是一種非常殘忍的動物，尤其是對待同類，更是絕不留情。

「我們等一下暫時別做愛，去一下麥當勞找那個金毛王吧。」

「金毛王呲呲呲？」

「嗯，就是昨天妳很想殺掉的那個男人，妳跟我一起叫他金毛王就好了。」

「我今天可以殺掉他或吃掉他嗎呲呲呲？」

「我是覺得不太好，不過妳如果想當一個覺醒的公民，那就隨便妳吧。」

我的心裡還是有一股淡淡的莫名沮喪：「以後妳想做什麼，可以不必問我，但如果妳問我的話，我就給妳意見。妳吃掉我的朋友阿祥，就連同阿祥的份一起活下去，也算是我的朋友了，朋友之間可以做愛沒問題，但朋友之間，就不必一定要誰聽誰的。」

「有點難懂吡吡吡，不過人類本來就很難懂吧吡吡吡。」

「總之……妳今天就學著自己做決定吧。」

素子想了想，便蹲在我的雙腿間，進行一些即使寫了也會被編輯要求刪掉的動作。算了，今天要幹嘛就通通讓她決定好。

我一邊大便，素子一邊在我兩腿間辛苦地漱口，為了把專注力放在大便上我無法好好思考，乾脆隨便說起金毛王跟我說的詭異愛情故事，介紹一下人類的奇形怪狀。

素子一邊咕嚕咕嚕漱口一邊聽，表情好像比平常關注，顯然對人類用約定的方式將愛情契約化的行為，感到非常有興趣。

「人類眞有趣吡吡吡，講好的事都不能反悔吡吡吡，連愛情也一樣吡吡吡……」素子用細長的舌頭把臉上的亂七八糟吃了個乾淨，說：「我也常常在偶像劇裡看到很多關於呲呲呲約定呲呲呲的劇情。」

「人類可以約定的東西非常多，但約定是約定，不能遵守時也沒辦法。」

「不努力遵守的話呲呲呲，一開始爲什麼要約定呢呲呲呲？」

「妳好意思說，妳答應我我不在的時候妳都不能吃人，結果呢？連巷口那個便利商店店員都被妳吃了，還學人約定？」

「呲呲呲那以後我會呲呲呲……」

「會怎樣？會努力，還是會遵守？」

「會努力呲呲呲！」

「……妳眞是越來越像人了。」

CHAPTER 4

大！皮！球！

01

當我們好不容易來到麥當勞的時候，看見金毛王一個人。

陰險文青不知道跑去哪了，沒看見，是說他也沒理由一直陪在這裡，我們又不是一個團。

金毛王坐在角落，頂著黑眼圈，有一搭沒一搭地吃著軟掉很久的薯條。

顯然過了一夜，完全都沒有人上門自願嫁給金毛王。

「剩一個小時了，我就要被皮球抓去當鬼了……」

一夜沒睡的金毛王好像累到連恐懼也感覺不到了，只能消磨他幻想的最後時間。

「不會吧，鬼我認識很多，這裡是麥當勞耶，沒有鬼會來啦。」

「你不知道，皮球已經厲害到完全不怕光了……她就是等級最高的鬼！」

「要不要把標準降低，去前面那個公園徵一下？我沿路走過來，看到很多正在跳健康操的大嬸，我從她們的舞姿裡明顯感覺到她們對愛情仍有渴望，你大可趁虛而入。」我隨便建議。

金毛王昏昏沉沉地抬起頭，看著我，看著素子。

「湯唯也來啦？」

「不是，她是素子。」

這時我才恍然大悟爲什麼一出家門，就發現有好多路人一直朝我們看，還有很多人拿起手機就一直拍，我還以爲是我臉上有飯粒，原來是湯唯。

我轉頭跟素子皺眉：「妳變成之前那個樣子好了。」

素子的臉不由分說馬上進行重組，喀喀喀喀喀，總算是把金毛王嚇醒。

「清醒一下，到底要不要去對面的公園徵婚？跳健康操那群裡有個拿扇子的，覺得是裡面等級最高的，要是你誠心誠意向她求婚，我想她老公也不是不會考慮，只是動作要快。」我示意金毛王看一下他身後大窗戶下，那一大群正在跳舞的太太。

但金毛王的表情卻越來越怪，我順著他迷惘的眼神，看向我身後。

一個身形龐大的中年婦人氣喘吁吁走上樓梯，一看到我們，就直直走了過來。

走經過報章雜誌區的時候，還順手拿起一只報紙夾。

「來徵婚的嗎呲呲呲？」素子問我。

「看起來很有殺氣。」我全身上下最出色的，就是求生本能。

只見身形龐大的中年婦人下一秒就跑到金毛王面前。

「小姐你千萬不要被騙了！」身形龐大的中年婦人拿起報夾，朝金毛王就打：「他不是劉德華！」

素子跟我異口同聲：「我知道！呲呲呲！」

手中的報夾就是一條硬鞭子，中年婦人一直抽打一直抽打，打得金毛王唉唉叫，中年婦人打到自己腋下都是汗水還不肯停，嘴裡忿忿不平地嚷嚷：「整天說自己不是劉德華！到處騙女人跟你上床修幹！幸好你長得醜八怪！沒人跟你修幹！不然幹出一身病最後還不是射給我！羞羞臉！羞羞臉！」

金毛王唉來唉去，連一句可以辨認的對白都無法說出口。

報夾應聲而斷，中年婦人改以拳頭直接搥起金毛王的頭，一直搥一直搥，金毛王好像嬰兒一樣完全無力抵抗，只能盡量把身體在椅子上縮成一團。

這種武松打虎式的無換氣連續搥法，即使像素子這種超暴力等級的妖怪也很傻眼。

「請問妳是？」我疑問。

中年婦人停手，上下不接下氣地看著我。

「不用停手，我只是想問一下妳跟他之間的關係？」

中年婦人軟癱在金毛王的鄰座上，看著我，又看著嚇得六神無主的金毛王。

下一瞬間，中年婦人忽然哇哇大哭起來。

「光今年已經第四次了！誰受得了！」中年婦人一哭，馬上又是一拳轟在金毛王的臉上，大吼：「他一定又跟你們說，他跟我約定三十歲要一起結婚對不對！」

我嚇了一跳：「妳是鬼！」

中年婦人又一拳轟向金毛王的鼻子，怒吼：「老娘是人！我就知道他又在胡說八道！到底是有多不甘願娶到我！」

是，的確是不像鬼，但也不像是傳說中的皮球小姐啊！

素子倒是一點也沒有嚇到，只是仔細打量著中年婦人。

「妳！妳是來徵婚的嗎！」中年婦人回瞪素子，左手將金毛王的臉壓在軟爛的薯條裡。

「不是吡吡吡。」素子有話直說。

「年紀輕輕不要騙人啊！」中年婦人改瞪我：「你呢！你是來徵婚的嗎！」

「我支持多元成家啊，但我只是九把刀的小小助理，昨天那個徵婚啓事就是我代發在九把刀臉書粉絲團的。」我好像有一些事情瞬間懂了：「原來妳就是皮球小姐，剛剛妳說，妳已經嫁給那個假劉德華了？」

中年婦人，喔不，我應改稱作皮球小姐。喔不，皮球太太。

皮球小姐用力抓著金毛王的頭髮，規律地提上壓下，好像想用桌上這一堆跟美味無關的薯條活活壓爛他的臉。

「要不是這次他用九把刀的臉書徵婚！講了時間地點！我還眞不知道要去哪裡把他抓回去！但我不會感激你的！你幫他徵婚，就是他的共犯！」皮球小姐惡狠狠地看著我：「這次就放過你，下次你要是再敢幫他徵什麼婚，他現在的樣子，就是你的借鏡！」

素子疑惑地看著我：「吡吡吡我有點聽不懂，這個女人到底是感激你還是在吡吡吡謝謝你呢？」

我耐心地翻譯：「總之呢，她是他的太太，她很不高興我幫他找另一個太太。如果我繼續幫這個男人找太太，她就要把我的頭抓起來撞薯條。」

「你想用臉撞薯條嗎吡吡吡？」

「不想，超討厭的。」

「那我吡吡吡保護你，在她動手之前就先把她吃掉吡吡吡……或殺掉吡吡吡。」

「……謝謝。」我有點無奈，但也有點高興。

金毛王從皮球太太登場的那一刻開始，就沒有了台詞，現在臉上都是薯條跟番茄醬，於是也失去了表情，只是他若隱若現的五官透露出，他已經呈現驚嚇過度、意識停擺的狀態——金毛王已經徹底當機了。

素子跟我看著皮球太太。

皮球太太看著她手上的，那一個兩眼空洞、滿臉薯條碎屑的金毛王。

我不知道素子在想什麼，我自己呢，則是盤算著該怎麼開口說要走。

我想了想，我幹嘛想這麼多呢。

不管金毛王跟我鬼扯過什麼都不重要，重要的是他之前真的在跟我鬼扯，現在的他不會被鬼抓走，而是被比鬼還可怕的老婆抓到。

「現在好像有一點無聊呲呲呲？」素子轉頭看我。

「無聊什麼！難道妳不想聽聽這個爛人到底有多爛嗎！」皮球太太的手一緊，金毛王的五官也往外扯了個緊。

「還好，家家有本難念的經嘛。」我搔搔頭。

「這個爛人呲呲呲到底有多爛呢呲呲呲？」素子倒是好奇起來。

皮球太太勃然大怒：「臭三八！我老公有多爛關妳什麼事！」

素子震了一下，我忍不住拍拍素子的肩膀安撫。

我知道，我知道，又想殺人了是吧？

皮球太太悲憤地抬起金毛王的臉，看著他：「那些年，他苦苦追求我，我怎麼都不肯跟他在一起，爲什麼？因爲這張臉！眞醜！到底誰會想跟這麼醜的人在一起呢？別說是接吻了，我連口交都不可能幫他！」

我同意，只是好像有哪裡怪怪的。

「要不是看在他常常送我東西吃的份上，我怎麼可能跟這麼醜的臉說話？太醜了！我無法！每次我只想拿了早餐就走！不然看了他那張臉我還可能把早餐吃下去嗎？他眞的是！無藥可救的醜！」

我同意，但金毛王醜歸醜，可也沒醜到鬼哭神號啊？

「既然金毛王在醜界頗有建樹，妳爲什麼還要嫁給他呢？」

「爲什麼？因爲約定啊！」皮球太太越說越激動，激動到她手上金毛王的臉也震動起來：「我們約好了三十歲，如果大家都沒有交往的對象，就要結婚！我能有什麼辦法？老娘是一個說得到就做得到的人，他很醜，但約定就是約定！我三十歲生日那天一過半夜十二點，老娘就衝到他開的早餐店門口踹門，踹到他開門娶我爲止！」

這麼有行動力！老實說眞教我佩服！

「好像有點感人呲呲呲！」素子感到驚奇。

「感人什麼！老娘踹他鐵門，叫他出來娶我！沒想到他一開門就報警！報警抓老娘！操！老娘是那種束手就擒的人嗎！老娘當然是拒捕！還把三個警察打到住院！」皮球太太又開始拿金毛王的臉撞薯條，撞得整張桌子都在晃動。

整層麥當勞的人都在瞪我們。

「看什麼看？沒聽過安麗嗎？」我沒好氣地說。

大家趕緊把頭轉過去，不敢再往這裡看。

「既然是約定，金毛王他爲什麼不娶妳啊？」

「他哪敢不娶！他只是一時之間沒認出我來，所以嚇到報警罷啦！」皮球太太哼哼兩聲，有些得意地說：「後來我給他看那些年我慢慢變胖變醜的照片，還附上了ＤＮＡ證明書，他才不得不相信我就是同一個人！」

不等我要，皮球太太直接拿出手機，慢慢地滑出她以前的照片給我們見識。

以前的皮球太太的確滿漂亮的，鵝蛋臉，身材火辣，雙腿修長，如果加上一點想像力，再嗑一點藥，把這樣的身材乘以三，的確有可能長出現在版本的皮球太太。

「後來呢呲呲呲？」素子聽得很專注。

蛇眞是可怕，這種喪心病狂的故事也聽得那麼專心。

「呲呲呲妳個頭！後來他認清事實後，加上打不過我，就只好硬著頭皮娶老娘啊！娶了老娘之後，他一邊賣早餐，我就一邊吃早餐哈哈哈哈哈！很多早餐！無限量的早餐！所以我就變得更胖！怎麼樣哈哈哈哈！」

「哈什麼哈，金毛王幹嘛說妳死了？」我打斷這種低級的賤笑。

「他整天咒我死！咒到自己都錯亂了哈哈哈活該！又醜又活該！他根本就忘記自己跟我已經結婚了！虧老娘還圓了他的夢想！讓他幹到夢寐以求的女神！這個醜八怪卻故意搞出什麼失憶症！」

皮球太太抓起兩眼渙散的金毛王，用最接近的恐怖距離瞪著他：「不承認自己早就五十幾歲，還不顧店，整天跑出去自己亂編故事，說要徵婚！想用徵婚幹嫩妹，把我們的約定當做什麼啦！把老娘當成鬼又是怎樣！」

金毛王一動也沒動，眼睛連眨都沒眨，臉上都是皮球太太的口水。

「你那是什麼眼神！是不是對胖子有什麼意見！」

「我對胖子眞的沒意見，我對鬼也沒有意見，事實上我看過的一大堆鬼都比妳可愛多了。像妳這麼沒水準的胖子還眞是討人厭，比鬼還討厭。」

「你！」皮球太太震驚。

「你什麼你，我叫王大明，我還沒說完。」我冷冷地說：「以前妳還算漂亮的時候不跟他在一起眞的沒關係啊，但妳嫌棄他醜，還沒水準白吃了人家那麼多鮪魚吐司加蛋。等妳變胖了變醜了沒人幹，才跑回來逼金毛王娶妳，全宇宙找不到像妳這麼沒水準的女人，妳不欠幹，是沒人想幹，還逼別人幹。妳要是有水準，全宇宙都是交通大學畢業了。」

「你敢說老娘沒水準！」

「妳不但沒水準！還很討人厭！我一想到金毛王寧願在拘留所裡面插我的便當也不想插妳，就覺得他是這個星球最悲情的男人！」

皮球太太勃然大怒看著我，整個臉都紅成紫了。

我冷冷地看著她，看著此時此刻這個星球上最惹我討厭的人類。

她只要敢動手，不用素子張嘴，我一定一拳尻下去！

「哇！」

皮球太太忽然爆哭，還哭得一發不可收拾：「哇哇哇哇哇哇哇哇哇！」

現在是怎樣，不覺得被我罵哭非常突兀嗎？

我一點也不同情這個爛女人，卻無法忽視被她亂放在桌上的金毛王，他的眼角好像也泛著淚光。

皮球太太哭了好一陣子，但整層麥當勞的人都沒敢看向我們這邊。

「可以了吧？假哭也哭過頭了。」我感到不耐煩。

「他……全世界都愛我的時候，我一點也不愛他……現在全世界都討厭我的時候，竟然連他也討厭我，可是不管他怎麼討厭我，卻還是願意娶我……他其實願意娶我的……哇！結婚後他其實每天都做很多早餐給我吃！午餐晚餐也都有給我吃！還吃很多威而剛，一把接一把的吃！但是……但是他眞的好醜！」

素子很專注很專注地觀察著。

她自從變身成人之後，皮球太太是最能呈現人類情感激烈變化的樣本了，即使身爲人類如我，皮球太太對我來說，也是一個極其罕見的爛地球人。

「妳更醜。」我簡潔地回應。

皮球太太哭得很崩潰：「我很醜我知道啊！但爲什麼我很醜我就要喜歡一個很醜的人！爲什麼！爲什麼我不可以跟帥哥在一起？爲什麼全世界唯一願意娶我的人那麼醜！很醜！眞的很醜！爲什麼全世界只有這個醜男願意娶我！我卻偏偏沒辦法愛他！還整天打他罵他故意逼他跟我上床還一天上我好幾次！爲什麼！爲什麼一個男人連上床都要被逼！爲什麼！我眞的有那麼醜嗎哇哇哇哇哇哇！」

我看著皮球太太崩潰大哭，卻無法從她哭的內容裡找到逆轉感動的地方。

沒有。

「因爲妳人醜，心更醜。」

我看著奄奄一息的金毛王，肅然起敬：「他是我看過，人格最高尚的眞龍騎士，妳，配不上他。」

皮球太太哭到快無法呼吸，對著天花板呻吟：「爲什麼我會變胖又變醜？爲什麼我不能永遠青春美麗？爲什麼我要嫁給這麼醜的人？」

「妳想變回年輕漂亮的樣子嗎呲呲呲？」素子歪著脖子。

「想！不計一切代價！」皮球太太用盡肺裡僅剩的一點點氧氣大吼。

我還沒反應過來。

素子的頭瞬間膨脹成一隻史前大蛇的巨嘴，往前一張，將皮球太太整個人吞下。

整個吞人的過程都快到讓我無法阻止，而半張臉橫躺在薯條上的金毛王也無動於衷，素子就這麼安安靜靜地坐在座位上，一動也不動地慢慢消化著不斷在她肚子裡拳打腳踢瘋狂掙扎的皮球太太。

我有點緊張地左顧右盼，很怕有人剛剛用眼角餘光看見有人被吃了。

「妳會不會太誇張，在公共場所吃人，萬一不小心被看見，不就要通通都吃掉。」我坐立難安。

幸好很快的，素子的肚子裡的慘叫聲越來越小，然後就整個消風下去。

「吃這麼醜的東西，不會想吐嗎？」我很擔心。

素子無法回答，表情爲難地閉上眼睛，看樣子這次眞的很難吃。

過了許久，素子臉上的五官開始喀啦喀啦嘰嘰歪歪重新排列組合，並將全身的基因進行高級的回溯重建工程……胸部變大了一點，腿拉長了一些，頭髮也變成微微自然鬈的造型。一睜開眼，蛇眼中的細縫咚咚咚膨脹成圓形，完全就是皮球太太年輕時的巔峰模樣。

「金毛王吡吡吡！」

這一變，喉骨跟喉嚨肌肉都改造了，聲音也變了。

金毛王的臉呆呆地從碎爛的薯條中拔起。

金毛王看著三十幾年前，青春洋溢的，超級皮球小姐。

他的表情從呆滯，迅速洶湧澎湃起來，激動大叫：「親愛的！」

金毛王哭了。

然後大笑了。

「我眞的好想妳啊皮球！好想妳啊！」

接著卻哭慘了。

「今天是我三十歲生日！我們結婚吧！」

又哭又笑的金毛王，緊緊抓著素子放在桌上的雙手不放。

那一瞬間，我看見了，眞正的愛情。

CHAPTER 5

史上最忠實讀者亞歷山大

01/

我一個人租書店看漫畫，看《刃牙道》。

我覺得很滿足，心情超級棒。

《刃牙道》的劇情正演到宮本武藏藉著現代複製人的技術復活，把中國拳雄烈海王一分爲二幹掉。後來，超廢的本部海扁範馬傑克後，竟然又單挑宮本武藏完勝，如此中二又和無說服力的劇情發展，都因爲我的心情好，就隨隨便便接受了。

雖然我很肯定皮球不愛金毛王，但我肯定金毛王很愛皮球——至少很愛年輕漂亮的那個皮球。

愛情本來就是有條件的，爲什麼一定要愛上醜男或醜女，才能證明愛情的價值呢？

喜歡一個人才華洋溢，叫愛情。

喜歡一個人灌籃的姿勢好酷，叫愛情。

喜歡一個人雕琢佛像的專注，叫愛情。

喜歡一個人笑起來有可愛的梨窩，叫愛情。

喜歡一個人孝順父母友愛兄弟敦親睦鄰，叫愛情。

喜歡一個人毫無理由，也能叫愛情，還有個專有名詞叫一見鍾情。

那麼，金毛王喜歡長得挺漂亮的皮球，爲什麼不能叫做愛情呢？

當妳喜歡上一個男人並嫁給他，說妳喜歡他的個性好。結婚過了一年，他開始不洗碗。過了兩年，他開始不倒垃圾。過了三年，他開始嫌棄妳做的菜很難吃。第四年，他開始一邊看A片一邊跟妳打砲。第五年，他開始用命令的語氣叫妳去運動。第六年，他一邊看A片一邊打手槍然後一邊叫妳去運動。第七年，他開始看九把刀的小說。

這樣的男人，到了第八年第九年第十年妳還是很愛很愛很愛他的時候，事實上，他已經變成了一個個性不好的人──就等於妳喜歡一個個性不好的人。

這樣，能叫做愛情嗎？

能。

因爲愛情就是這個世界上最狂的東西。

最好，也可以最壞。

最好當然人人愛。

但最壞的都有人愛，能不叫做愛情嗎？

當金毛王拜託我，請我務必把假皮球借給他約會一天，我馬上就答應了。

「但你除了牽牽手之外什麼都不可以做，說話也要小心點，不然很危險。」

我認眞提醒：「記得嗎？她是蛇，最大型的那一種，隨時都會把你吃掉。」

「沒問題！」金毛王完全沒在聽，迅速牽起了素子的手。

金毛王沒問題我就沒問題，老實說他就算被吃掉了我也替他高興，畢竟他要是被素子吃了，肯定也是活在他快樂至極的愛情幻覺裡被吃掉。我無所謂。

漫畫《刃牙道》看到花山薰終於也出動的時候，我也差不多想回家了。

這時，蓋亞出版社的總編輯打電話過來。

「王大明，你最近是不是有亂上九把刀的讀者？」總編輯的聲音很不耐。

「啊？沒啊？」我很疑惑。

「那認眞上的有沒有？」總編輯鍥而不捨。

「我最近認眞上的甚至不是人。」

「還是有欠別人錢？」

「沒啊，倒是九把刀還欠我兩個月的助理費，妳要幫他給我嗎？」

「不要，九把刀造的孽是他自己的事。」總編輯的聲音聽起來特別不爽：「今天我一到蓋亞，就看到有一個讀者在門口，他說他專程來找你，已經等了六個多小時，不見到你絕對不走。」

「見我？不是要找九把刀嗎？」我感到驚訝。

「找你，指名王大明。」

「漂亮嗎？」

「男的。」

「……」我不知道剛剛的對話哪有出錯了。

「你再不來把他領走的話，我就要報警了。」總編輯掛電話前忍不住關心起失蹤很久的九把刀：「還有，你如果找得到九把刀的話，告訴他，不管他躲到哪裡都要按時交稿，不然我就叫我小學二年級的侄子用他的名字寫一本書。」

「嗯嗯嗯那就拜託妳侄子了。」我掛掉電話。

既然是男的，我就不急著離開漫畫店了。

我把《刃牙道》最新進度補完後，還看了好幾本《第一神拳》。

來到蓋亞出版社時天都黑了。

02

一到出版社門口，我馬上就嚇了一大跳，那個讀者是一個灰頭土臉的老男人，身上黏著很多灰灰渣渣的東西，連頭髮也灰了一大片，太髒了，一時之間看不清楚他有多老。還很臭，是一種綜合型的臭味，焦焦的，好像還有一種疑似瓦斯的氣味。

這個灰灰髒髒的讀者身上除了一條雪白色的內褲，什麼都沒穿。

灰臉男一看到我，就雙膝跪下，五體投地向我深深一拜。

「終於見到傳說中的王大明了，WANG DA MING！IT'S YOU！我太感動啦！」灰臉男咧開嘴，連牙齒都黑了好幾顆：「原來你長這個樣子！跟我想像的完全不不不一樣！TOTALLY DIFFERENT！」

灰臉男怪腔怪調，我仔細看，他的眼睛是藍色的，好像是個洋人。

我往他雪白色的內褲一看，胯下隆起好大一包，嗯，絕對是個洋人。

「嗯，快起來，別那麼客氣！」我原來也有忠實讀者，還是過洋水來的，不免有些飄飄然：「爲了見我一面，只穿了一條內褲就衝過來，令我相當感動！」

正要下班的總編輯來到門口，一邊鎖門，一邊冷冷地說：「那條內褲是中午社長出門去談生意的時候，看他什麼都沒穿，怕他嚇到別人只好把自己的內褲脫下來送他的。王大明，麻煩你帶著他快點消失。」

我嘆了一口氣：「那社長脫內褲的時候有嚇到人嗎？」

總編輯大吼：「嚇到我！」

頭也不回地下班。

「大明你命在旦夕，不過你別擔心！DON'T WORRY！我特地搭時光機過來就是要救你一命！我一定會把握時間告訴你救命的方法！」灰臉洋男抓住我的肩膀，奮力搖晃：「不過我好餓！YOU KNOW！HUNGRY！我想試試看這個年代的吉野家豬雞雙寶！不如你請我去吃，我一邊跟你說！」

人的一生，能有一個洋人粉絲是多麼幸福的事。

雖然是個瘋子，但我又好到哪裡去？

我可是一個教唆蛇精殺人的幕後凶手。

03

這個灰臉洋男狼吞虎嚥了三客豬雞雙寶，外加兩個茶碗蒸。

不曉得幾天沒吃飯了，他吃到完全沒辦法一邊跟我說話，還不停嗆到。

我一邊玩手機裡的植物打殭屍等他。

「王大明！」灰臉洋男奮力舉手：「我可以再吃ONE MORE茶碗蒸嗎！」

「好啊，不如來三個吧GO GO GO！」我大方地說。

「那十個可以嗎！TEN MORE！」灰臉洋男的淚水在眼眶裡打轉。

「沒問題NO PROBLEM。」我用力點頭。

熱騰騰的十個茶碗蒸來了。

灰臉洋男感動地看著我：「我吃不下了。」

我看著他，又看了看桌上的十個茶碗蒸。

「所以十個都是要我EAT嗎？」我努力保持耐性。

灰臉洋男深深吸了一口氣，用全身的力氣抓緊桌緣，整張臉因爲過度用力從紅色變成紫色，有一瞬間我眞的以爲他要拉屎。

「都要我吃嗎？」我絕對要問到底。

「從現在開始的一個月內，王大明先生！WANG DA MING！」灰臉洋男像是將這一段話練習了一百年，以非常愼重，堅忍不拔的語氣說：「你不可以MAKE LOVE，不可以打手槍HAND JOB，不可以被口交BLOW JOB，睡前不要看A片以免夢遺SHOOT IN YOUR DREAM，不管面對任何狀況，都必須忍耐！HOLD！」

「爲什麼？這跟你號稱搭時光機來找我有什麼關係？」我看著桌上的十個快要不熱的茶碗蒸，拳頭慢慢握緊。

爲什麼明明就快吃不下了還要點十個茶碗蒸你他媽是在整我嗎我的臉上明明就寫著我最近心情不是很好情緒波動非常大你是哪一隻眼睛看不出來我現在正在臭臉嗎好心請你吃東西還任你隨便點吃到飽飽上又更飽也沒關係但你點了就要給我吃完啊你現在跟我東拉西扯就是不肯跟我說你到底爲什麼要點十個你早就知道絕對吃不下的茶碗蒸如果你他媽的覺得自己錯了你爲什麼不直接跟我道歉道歉只要五秒鐘再加三秒給你也可以但你不道歉卻花時間在這裡跟我五四三二一還給我講一大堆英文是怎樣洋屌就了不起是嗎在台灣就給我講國語不然就把茶碗蒸給我

吃掉立刻馬上給我吃掉！

「不是號稱，我是眞眞正正really搭了時光機過來！專程來阻止你的死亡！」

灰臉洋男一臉抱歉：「還沒有正式介紹，我叫亞歷山大！AlexSanBig！」

「也就是說，亞歷什麼你特地搭時光機過來告訴我我的死法，好讓我不用死？」

「是YES！也是NO！」

「這十個茶碗蒸都要我吃是吧？」

「NO的意思是！王大明你不會死！NO DIE！但YES的意思是——王大明你一個月之後！會比死還要慘！非常慘啊！BAD！UGLY！OH SHIT！」

「茶碗蒸的事我沒忘。但爲什麼我一個月後才會很慘，你現在就要說什麼十萬火急啊？」

「現在不快點告訴你，你就會整天沉迷於跟那一條蛇精做愛MAKE LOVE，每天精液一在體內生成，沒多久就會馬上射出去！YOU KNOW？SHOOT！無法養成在體內好好保留精液的習慣，須要射精的時候就會沒東西可射NOTHING TO SHOOT！這樣一來，一個月後你就完蛋了！GAME OVER！」

「我一個月以後，會腎虧？」我冷笑，根本不需要一個月好嗎。

「不是！那是一場非常經典的，威秀廣場手槍大戰！」

亞歷山大語焉不詳地說起他這趟時光旅行的故事。

他來自距今八十七年後，是美國亞利桑那州人，從小就很喜歡看九把刀的翻譯小說，爲了讀懂九把刀小說的中文版，大學主修中文，一路唸中文唸到了博士，他的論文題目是九把刀文學，不可避免的他以學術的精神看了所有九把刀的中文小說，而且還是反覆地讀，一邊用螢光筆畫線一邊默默背誦地讀……

「等等！到這裡我就不相信了！」我果斷打槍這個亞歷山大三小：「九把刀的小說變成論文題目，鬼才信，還有！這十個茶碗蒸，你是不是要我吃？」

「是眞的！關於九把刀GIDDENS作品的論文就有一千多篇！A THOUSAND！」

回到時光旅行的故事。

爲了完成博士論文，亞歷山大一遍又一遍讀著九把刀的著作，其中他最喜歡的，就是「上課不要」系列，也就是各位手中的這一套書——《上課不要看小說》、《上課不要烤香腸》、《上課不要打手機》！

就這三本，沒了，讓亞歷山大感到非常困惑，爲什麼這個大受歡迎的豪洨系列會突然斷稿呢？難道是因爲內容太沒營養一度被中學老師集體抵制嗎？

於是他展開調查，還訪談了當時一百多歲的九把刀。

一百多歲的九把刀雖然陰囊都皺掉了，依然日日夜夜在狂寫《獵命師傳奇》第四部曲，他一聽到王大明這三個字，馬上就接受了亞歷山大的採訪。

在採訪中，亞歷山大得知了「上課不要」系列停在第三本就無法繼續寫下去的原因，竟是，王大明，也就是我，在第三本《上課不要打手機》的隱藏版結局裡被外星人的可怕A片永久封印，導致王大明，也就是我，沒有新的冒險可以寫！

「……被A片封印啊，呵呵。」

我看著滔滔不絕的亞歷山大冷笑，眞是有夠唬爛，尤其是「上課不要打手機」，這種沒梗的爛書名，九把刀絕對不會用，他跟我說過，「上課不要」不要系列，不是叫「上課不要打手槍」，就是叫「上課不要打老師」，那樣才夠勁爆！才夠譁眾取寵！

總之亞歷山大難以置信，因爲《上課不要打手機》的結局，是王大明跟蛇精從此過著幸福快樂的日子啊？這個系列不是標榜所寫的一切都是眞的嗎？

九把刀的眉頭皺得跟他的陰囊一樣，表示王大明也就是我，下場太淒慘了，念在主僕一場，他想給讀者一個比較美麗的結局，於是在系列第三本時給了讀者一段不曾發生過的劇情，算是用一種主人的善意——安葬我。

「雖然我不相信你的唬爛，但如果九把刀改結局，也是因爲好的結局會讓小說比較好賣！絕對不是什麼念在主僕一場這種噁心的東西！」我吃著快冷掉的茶碗蒸。

亞歷山大沒有吃茶碗蒸，而是繼續說下去。

針對九把刀的採訪結束後，亞歷山大找出當年的報章新聞，仔細核對了歷史資料與網路八卦，發現九把刀所說的事是眞的！那個叫王大明的九把刀助手，以及他養的一個蛇精，某一天在信義威秀的廣場遭遇到刺刺武國星人的突襲。

雙方很快陷入大戰，起先，刺刺武國星人遭到蛇精可怕的攻勢，死傷慘重，但蛇精也遭到重創，即將分出勝負的關鍵時刻，刺刺武國星人控制了威秀廣場上的巨大屏幕，公開放映極度可怕的A片。

「眞是好了不起的A片，想用醜女嚇死我跟素子嗎，哈，哈，哈？」我乾笑。

「顯然更可怕TERRIBLE！關於當天公映的A片內容，已經恐怖到歷史拒絕記錄！NO RECORD！」亞歷山大的表情像是睪丸撞到桌角：「在廣場上，除了唯一倖存的手槍上將GENERAL MASTURBATOR，根本沒有人可以看著那種東西THAT THING射出來啊！」

之後，廣場上的所有人，當然也包括王大明也就是我，都被可怕的A片封印進去，成爲永恆的A片其中一顆顆畫素。而受傷的蛇精素子，因爲傷重無法變形，則在幾天後，被刺刺武國人找到並帶回母星研究，下落不明。

這個災難級的醜聞，逼全世界看見台灣了。

之後的之後，就是未來的小學生都熟讀的歷史故事了——地球人與刺刺武國星人進行了整整十三年的A片戰爭，地球人的人口遽減了五分之一——全部都是男性，順便解決了全球暖化、高犯罪率以及病態大男人主義氾濫的危機。

再艱難的危機都有人挺身而出，日本養槍千日打在一朝，派出無數手槍界的異能強者在東京的所有電車上建立了堅強的癡漢防線，暫時守住了街亭，史稱「電車大戰」。

由於日本在第一線的犧牲，讓地球其他諸國擁有喘息的機會。

世界諸國緊急創立許多間打手槍大學跟打手槍研究所，甚至將如何打手槍編入小學課本，班會就是大家輪流上台打手槍，各校朝會的健康操一律也是打手槍，一千多個不分高中低年級的小學生在操場上瘋狂打手槍的畫面，就是未來人類社會的日常，而Google研發的alphaGo的最新版本也發展出打手槍的淫蕩演算法。

這整整十年，史稱「國民調教的黃精十年」。

養精蓄銳十年的地球人，在傳奇人物「手槍上將」的領導下，連續在一百零七個千奇百怪的地點，打手槍打贏了刺刺武國的手槍兵團，足足打贏了一百零七次，反封印了上百萬名進犯的手槍戰士，威震太陽系。

從此地球與刺刺武國星簽訂了互相不強制對方看恐怖A片的和平協議，每年一起在釣魚台舉行打手槍的友好交流，好提醒雙方自我克制，尊重和平。

「好精彩的未來歷史History啊。」我默默吃下第三個茶碗蒸。

身爲一個重度書迷，亞歷山大無法接受這樣的現實，他認爲，上課不要系列必須持續不斷連載下去！王大明也就是我，不能在「解開爸爸溶解之謎」前，就這樣被封印進恐怖A片裡！變成生不如死的一顆畫素！

兇。

於是，亞歷山大決定搭上時光機。

從八十七年後穿越到威秀廣場手槍大戰的前一個月，警告我，讓我趨吉避

「雖然我沒有親眼看過WITH MY EYES，但九把刀出的『上課不要』系列前三本，把那條蛇精描述得太美麗了YOU KNOW TOO BEAUTIFUL，還可以隨意變成湯唯！我查詢過湯唯的樣子，眞是絕世美人啊！王大明！你繼續跟那麼漂亮的女人做愛！還整天做愛YOU KNOW FUCK ALL DAY！到了威秀廣場手槍大戰那一天，面對那種恐怖A片，你是絕對不可能打出來的！」

亞歷山大懇切地看著我：「MAY I 我可以點紅豆湯嗎？」

「不行，你茶碗蒸都沒吃完。」

「我吃不下了啊！你沒看到我一直DA GER嗎？」

「吃不下你點什麼紅豆湯？」

「我說不定只點不喝啊！NO EAT！BUT ORDER！」

「不喝幹嘛點！」

「就想點啊！」

我懂了。

這個宣稱搭乘時光機的亞歷山大先生，他所有的幻想都跟打手槍有關，明顯是一個重度的手槍成癮者，應該馬上到彰化市一間很有名的戒槍中心報到，或是直接把雞雞剁掉。

「看你的臉FACE，是不是不太相信時光旅行？」

「我看過鬼，而且是一屋子的鬼，也跟觀落陰的麥可傑克森聊過天。我見識過可以引發地震的人體自爆。我幹過雞，幹過豬，幹過樹，也操過蛇，我沒有不相信時光旅行。」我吃著第四個茶碗蒸：「但我不相信你會時光旅行。」

「勇敢的王大明先生！如果你不相信我的警告WARNING，我爲了來這一趟所領受的烈火灼身，就完全沒有意義啦！NO MEANNING！」亞歷山大摸著自己一頭亂髮，彷彿上面大量的灰黑屑屑就是時光旅行的證明。

「那可不可以請教一下，你的時光機在哪？我想見識見識。」

「啊，關於時光機TIME MACHINE的祕密其實是九把刀告訴我的，他特別交代我，如果你問起時光機是什麼，一定不可以告訴你YOU KNOW YOU CAN'T KNOW，不然你一旦擁有時光機，就等於擁有無限次的機會CHANCE去改變你的人生，那樣違反了王大明你最極具代表性的冒險精神！SPIRIT！」

「呵呵，眞不合理，九把刀要是知道時光機在哪，他幹嘛不自己回來，那個大白痴自大狂的人生須要偷偷修正的地方實在太多啦！」

「在未來大家都知道九把刀的新格言就是——不犯錯的人生眞是太無聊啦！YOU KNOW IT'S BORING IF YOU DO NOTHING SHIT！」

「好吧，這的確很像他會說出來的廢話。」我咄咄逼人：「那好，既然你從未來來，請問出事以後的九把刀到底躲到哪裡了？」

「這在未來也不是個祕密了。他躲在天橋下的紙箱國COUNTRY OF PAPER BOX，號稱是要去對付一個夢中怪物MONSTER IN DREAMS，不久之後就會繼續正常出書了。」

「未來的他還好嗎？還會給我錢嗎？」

「九把刀很好啊，不過他不會PAY YOU了，因爲你很快就會被封印進A片啦！」

不得不佩服，這一段唬爛唬得前後邏輯一致啊，眞是辛苦了。

「那你等一下怎麼回去，回到未來？」我吃著第六個茶碗蒸。

「喔，我不回去了，NO GO BACK！既然來了我就打算好好利用一下資訊不對等的優勢，我把未來幾年的國際原油OIL走勢跟股市STOCK趨勢都背起來了，我打算先打工EARN SOME MONEY，等到賺到第一筆錢就拿去買期貨指數，來回幾次我就會成爲全世界最有錢SUPER RICH的人，在這裡過爽爽GO SONG SONG。」

亞歷山大的笑容非常燦爛，彷彿已經被他點到了十碗紅豆湯。

即使是我也不得不說，亞歷山大整晚的唬爛，就屬這一段最合理了。

不過老天爺給一個人一天唬爛的額度有限，給一個人一天被唬爛的時間也有限。

我要回家幹湯唯了。

全身只有一條雪白內褲的亞歷山大，看起來即將在二十四小時營業的吉野家度過他「來到現代」後的第一個晚上，完全沒有開口要我收留他的跡象。這樣很好。

第七、第八、第九、第十個茶碗蒸我實在是吃不下了，我想了想，離開吉野家前，我跟店員要了一個塑膠袋把四個茶碗蒸打包好，妥妥地放在桌上。

「給你吃。」

「我現在太飽了啊YOU KNOW?」

「睡醒以後吃。」

「睡醒以後就冷掉了，IT'S COLD!」亞歷山大看起來很害怕。

「原來如此。」我把茶碗蒸拿起來，堅定地自責：「我他媽活該。」

我轉身下樓。

「那我可不可以點紅豆湯HOME DOOR TOWN?」亞歷山大的聲音從我後面傳來。

休想我會回頭。

「……再見了亞歷山大，FUCK YOU。」

我走出吉野家。

外面下著雨，雨勢說不不大，說小不小。

我提著茶碗蒸站在騎樓，不知道該硬著頭皮衝去搭公車，還是該去便利商店買一把傘，還是走回吉野家樓上玩手機等雨停了再走。

不，我不想再上樓跟亞歷山大聊天了。

一直一直打手槍什麼的，又不是國中生，在這種話題上打轉好惱人。

我提著茶碗蒸，雨一直下。

有一種奇怪的感覺，跟這場不大不小的雨一樣，將我不上不下地困住。

心中一股無法形容的悶，如果可以勉強描述它的語句，將它寫出來，恐怕我就會好一點。但沒有，我做不到。我其實並不清楚我在悶什麼。

提袋裡的茶碗蒸好像越來越重了。

我走回吉野家，點了十碗紅豆湯。

「先不要幫我做，等樓上那一個只穿一條白內褲的流浪洋屌要離開的時候，你再幫我做十碗紅豆湯給他，都要熱熱的。我先把錢給你，謝謝啦！」

我結帳後，回到騎樓。

雨還是不大不小地下，但我手裡提的茶碗蒸卻輕了不少。

茶碗蒸的主原料是蛋。

我想，素子應該會很喜歡茶碗蒸吧。

CHAPTER 6

有一種失去，叫愛情

01

回到家的時候，素子不在。

家裡很凌亂，素子真是慢慢學會了人類的懶惰，等她回來我得好好教育一下。

我一邊打呵欠一邊洗了個澡，看網路上的搞笑影片看到一直打瞌睡，又玩手機遊戲玩到一直輸，輸到怒買三次寶石，終於心不甘情不願地睡著。

直到半夜想尿尿醒來，才看到素子坐在我旁邊，不動聲色地看著我。

「妳去哪了？」我努力把眼睛睜出一條縫。

「去附近的公園想事情。」

「是喔？專程去附近的公園想事情，這麼稀奇。」我把眼睛裡的那條縫揉大點。

素子看著我。

她的眼神，好像是第一次見到我，正閃爍著一種對我的全新評估。

「王大明，你愛我嗎？」素子的臉微微向前。

「我是人，妳是蛇，妳說呢？」

「我希望你可以愛我，這樣的話，我就更接近人了。」

「我知道，那就繼續努力吧。」我睡眼惺忪指了指桌上：「桌上有一些茶碗蒸，冷掉了但還是很好吃，通通都給妳吃吧。」

「今天金毛王跟我做愛的時候，一直說他很愛我。」

「他把妳誤認成那一個被妳吃掉的醜女，他愛的是她，不是妳。」

「不是我？」

「不是妳，但……然後呢？」

「金毛王跟我說他很愛我的時候，我的心裡沒有一點點稍微特別的感覺。過去我都以爲，聽到有人說愛我的時候，我會擁有跟以前完全不一樣的感覺，就像那些日劇韓劇偶像劇拍的那樣，那種，那種想要爲了說出我愛你的另一個人，犧牲一切的感覺。王大明，這是因爲我沒有當人的天份嗎？」

這個問題根本不須要想。

「很單純，因爲妳不愛他啊。」

「王大明，那你到底有沒有可能愛我？」

好新鮮的問題。

我想了想，不過，這個問題到底有什麼好回答呢？

自從這條蛇吃了我的好友阿祥那一秒開始，就註定了我不可能喜歡上這條蛇。

也不能喜歡這條蛇。

「我不可能愛妳，因爲妳吃了我的朋友，所以我們最多只能做愛。」我實話實說。

「一直做愛也沒有辦法讓你愛上我嗎？」

「如果阿祥還活著，我不介意跟一條蛇談戀愛。」我嘆了一口氣，今天實在是累了：「但阿祥人死不能復生。我們之間的愛情，也無法……開始。」

素子依舊靜靜地看著我。

許久，素子臉上的表情依然沒有任何變化。

「你說你不可能愛我，我並沒有特別的感覺。沒有像是一種，電視上戀人們常常說的，傷心的感覺，那樣是不是表示，我也不愛你呢？」

「妳愛不愛我，我不在乎。」我皺眉。

素子沒有任何的情緒反應。

我們如往常一樣用各種方式做愛，然後筋疲力竭地抱在一起準備睡覺。

素子的身體，好像比平常的時候暖了不少。

進入夢境的前一刻，我從後面抱著素子，下意識地揉著她微熱的奶。

我忽然想起了什麼。

「對了，金毛王還好嗎？」

「我吃了他。」

「嗯。」我搓著素子的奶。

「你好像不驚訝。」

「本來就很可能發生這種事，我有心理準備了。」我搓著素子的奶。

「你想知道原因嗎？」

「大概是金毛王說了一些想跟妳永遠在一起之類的話，妳爲了吃他，就故意曲解他的意思，接下來就眞的把他吃掉了吧。」

「……」

「不然呢？」我搓著素子的奶。

「今天晚上金毛王跟我做愛做到一半的時候，他忽然看著我，然後就一直大吼大叫，大叫我不是皮球，接著用非常兇的語氣逼問我到底是誰，還說要跟我決鬥，我突然覺得很害怕。我想我是爲了不想看到他一直大叫我不是那個皮球，只好慌慌張張地吃了他。後來我一直思考，都不明白，爲什麼金毛王會忽然知道，我不是那個皮球。」

「妳也會害怕？」我搓著素子的奶。

「害怕的感覺我並不陌生，以前當我還是一條小蛇的時候，常常感到害怕。害怕遇到老鷹，害怕找不到東西吃，害怕被人類捉到，害怕冬眠的時候被土狼挖出來吃掉，但今天我意識到，我看著金毛王的那種害怕，跟我以前的害怕很不一樣。以前我的害怕，都跟我會不會死掉有關，但今天，我並沒有害怕金毛王會殺掉我，我心裡的那種害怕，我實在想不明白。」

「沒關係，吃了就吃了。」

我搓著素子的奶，糊里糊塗摸來摸去便睡著了。

第二天早上陽光落在我的臉上，燙到我不得不努力醒來。

素子裸身站在窗邊，不知道已站了多久，雙手摸著微微隆起的肚子。

她的身材極好，身形一點點改變就非常明顯。

這幾天都過得太折騰，我的腦子一直非常紊亂，這區區一點陽光還曬不醒我。

但素子隆起的肚子，夠了！

「妳！」我驚呼。

「我懷孕了。」素子的表情，像是有一點高興。

果然懷孕了。

所以，我要當爸爸了！

「當我還是條蛇的時候，生過很多條小蛇。」素子摸著肚子，萬分珍惜地說：「但跟人類生小孩，是第一次。」

我整個太震驚了。

好像我該問一些，請問生出來的是人、還是蛇、還是半人半蛇這類的問題。

但真正令我脫口而出的，竟是——

「妳的呲呲呲呢？妳的呲呲呲怎麼不見了？」

「我也不知道，從昨晚開始就忽然沒有呲呲呲了。」

「昨晚開始？真的嗎？我怎麼沒有注意到！」我難以置信。

「這個小孩如果是人的話，是不是就代表，我已經變成一個真正的人了，不然，一條蛇又怎麼會生出一個人類呢？」素子自言自語，忽然之間又高興了起來：「我有一種預感，我一定可以生出一個人。」

這麼說也有道理。

不過等等！

不管是蛇還是人，我都當了爸爸啊！這種古怪的衝擊感是怎麼回事！

我應該高興嗎？我應該娶素子嗎？

我的眼角餘光，忽然瞥見玄關有一雙樣式很俗氣的夜市涼鞋。

不是我的涼鞋。也不是素子的。

昨晚我回家的時候那雙涼鞋就在那裡了嗎？我沒注意到嗎？

我的腦袋一片灼熱的空白。

「這雙鞋子是誰的？」我感覺到喉嚨深處非常乾澀。

「金毛王的。」素子的眼睛看著肚子。

「金毛王的鞋子怎麼會出現在這裡？」我的心跳得好快。

「他昨天跟著我回來。」

「然後呢？」

「然後就被我吃了。」

「金毛王跟著你回來，然後就被吃了。」我握住拳頭的時候，感覺到掌心都是汗：「……中間呢？一起看電視嗎？」

「我們做愛，做愛做到一半的時候，金毛王忽然知道我不是皮球，開始罵我兇我說要跟我決鬥，我一害怕就把他吃了。」素子的語氣像是在默背國文課本。

我有整整十秒鐘，完全不知道我正用什麼樣的眼神在看素子。

但素子看著我的眼神，開始變得有些陌生。

那是一張……

「你們做愛！」我應該是在大吼。

「我昨天晚上就說了，我們做愛，然後做愛做到一半的時候……」

「怎麼可能說過！妳哪有說過！」我非常可能是在大吼。

「昨天晚上我們做愛以後，我眞的說過。」

那是一張……

「停！你們做愛！你們爲什麼做愛！」我肯定是在大吼。

「我跟大明也做愛。」

「天啊！這可以拿來比的嗎！妳幹嘛跟他做愛！妳想跟他做愛嗎！妳不是很討厭他想把他殺掉嗎！」

「我覺得沒有像之前那麼想殺他了，所以就做愛了。」

「天啊妳爲什麼要跟他做愛！妳怎麼可以跟他做愛！」

那是一張……

「我不可以跟他做愛嗎？」

「當然不可以！」

「爲什麼我不能跟金毛王做愛？」

「因爲！」我肯定是完全失控了，用我全身的力氣大吼：「妳是我的！」

空氣僵住，在這個小小的房間裡什麼東西都動不了。

素子看起來很困惑。

「我是，大明的？」

妳很困惑，難道我就什麼都一清二楚嗎？

我連該怎麼停止我的歇斯底里，一點都不知道。

「不是！妳不是我的！幹隨便妳要跟誰做愛！」

我看清楚了。

站在我面前的，是一張，非常害怕的臉。

「你在生我的氣，爲什麼？」素子居然在怕我。

堂堂一條吃人蛇精，竟然露出這麼恐懼的表情。

「妳是不是怕了我！是不是怕到想把我吃掉！」我大吼。

出乎我意料的，我一點也不怕素子。

「我有一點想吃大明，但是，我昨天晚上吃掉金毛王之後覺得心情很不好，我感到很奇怪，以前我吃人之後心情都很好，這次爲什麼心情就那麼不好呢？我不知道，但想知道，所以才去公園坐了很久。」素子一五一十地說：「我看電視劇裡面的女主角，常常去公園遢鞦韆一邊想事情，然後就忽然知道自己應該怎麼做了。我想好好學習人類，但去公園遢鞦韆，好像沒有太大的幫助。」

「當然沒有幫助啊！不過干我屁事啊！」我用力踹牆壁。

這時門鈴響了。

我怒打開門，是隔壁鄰居張先生。

「不好意思，我知道情侶吵架在所難免，但……能不能請你們……」張先生擠出一個勉強可以算是有禮貌的笑容，眼角餘光卻忍不住看著素子的裸體。

我看著素子，指著張先生：「把他吃掉！」

素子有點訝異：「為什麼？」

第一次，我叫素子吃人，她竟然問為什麼。

「我叫妳吃妳就快吃！吃完我們就可以繼續吼來吼去了！」

「我不吃。」

「為什麼不吃！妳是妖怪！妖怪吃人啊！」

素子怔了一下。

我對她這個好像受傷的表情非常不爽。

我衝到街上大吼大叫：「快來看啊！這裡有妖怪吃人啊！妖！怪！吃！人！啊！」

張先生皺眉，反正白看了素子的裸體也夠本了，摸摸鼻子滾回他家。

素子慢慢走到我旁邊。

「上次你叫我吃掉整個派出所的人，我吃完以後，大明很難過，還哭了。」素子的表情只有比剛剛更害怕：「我想，大明，關於你希望我吃掉誰這件事，其實你應該想久一點。想久一點，比較不容易難過。」

「……」

「如果你等一下還是想要我去吃他，我會很高興的。」

「哈哈哈哈哈！我才不會叫妳吃他！妳錯過吃張先生的機會了哈哈哈哈哈！快笑死我了！妳！妳這個妖怪！從今以後妳想幹嘛就幹嘛！想吃誰就吃誰！想跟誰做愛就跟誰做愛！通通都隨便妳啦！」

我開始狂奔。

不顧一切地狂奔。

我只能一直跑，一直跑，一直跑。

就像電影最後五分鐘，豁盡全力往前跑的那些男主角一樣，睜大眼睛，不停地跑。

跑了幾百條巷子，幾千個紅綠燈，幾萬個台北。

跑到內臟龜裂，跑到兩條腿著火，跑到全身的汗水都從眼睛往後噴射。

我用最快的速度往前奔跑。

……卻還是讓最慢的領悟給追上。

我看著三百六十度旋轉的天空與地面。

該死。

我戀愛了。

02

快一個月了。

我沒有回到素子跟我的家。

沒臉，沒立場，更沒心情。

我眞的太丟臉了。

在我每天耽溺在極度肉慾的爽快裡，竟不知不覺，愛上了我以爲永遠只會是一條蛇的素子。眞是毫不意外的意外，浮濫到很經典的愛情故事橋段。

丟臉絕對是我的強項，但愛上一隻蛇有什麼好丟臉的呢？

愛上一條蛇絕不丟臉。

丟臉的是，愛上了一隻蛇卻遲遲沒有發現，發現了還死不承認，好不容易承認了卻也沒種回去道歉，這才丟臉。最丟臉的是，我還沒有勇氣停止自己的丟臉，只能讓我的丟臉持續往下探底。

我試過在麥當勞過夜，但整個晚上都沒有人跟我說話，冷氣又冷，我倍感寂寞。

每天，只要我的手機有電，我都在網路上用關鍵字搜尋大蛇吃人的恐怖新聞，上ptt的鬼板看看有沒有蛇精出沒的鄉野奇談。都沒有結果。

我想了很多。

素子跟我每天做很多次愛，大概有一半的精液我都直接射在她的陰道裡。

但我想，她肚子裡的孩子不管是人是蛇，都不是我的。

素子懷孕的時機太敏感，就在跟金毛王做愛之後。

這讓我不得不合理推測，身為一個蛇精，處於半人半蛇的狀態，要懷上一個人類的種，不僅要被中出，還得——把射精的對象給吃了。如此一來，她不僅要了射精者的精，還吞了射精者本人的體，大概得完成這兩項連素子都不知道的要件，素子才能與人類交配出新的品種。

我猜的。

我想我很難猜錯。

於是我回到彰化鹿港那一間滿滿都是鬼、卻也便宜得要死的旅館住，到了晚上，至少有非常多的鬼朋友陪我打牌、陪我聊天，聽我一把眼淚一把鼻涕地說起我跟蛇精談戀愛的故事。我至少說了整整三個禮拜，說到那些鬼都惱火了，要我好好反省自己的孬種，然後把我轟出旅館。

我晃來晃去，只好晃到到天橋下的紙箱國。

那裡依舊堆滿了成千上萬個、陳腔濫調的夢，紙箱大大小小，疊得亂七八糟，像一座永遠持續腐爛的城堡。

非常適合買一個夢，逃避眼前的現實。

我還沒來得及遇到賣夢的黑草男，就讓我遇到了神經兮兮的九把刀。

九把刀住在剛剛好可以抱膝側睡的紙箱裡，紙箱的邊緣還夾了兩台小電扇，一台吹他，一台吹他的筆記型電腦，顯然過得很舒適，完全沒有要離開的意思。

「你真的在這裡？」我感到古怪。

「是啊，我不是說我要去抓怪物嗎？」九把刀聞起來好臭，到底是幾天沒洗澡了。

「這裡有什麼怪物？蟑螂還是蜘蛛？」

「怪物在夢裡，白痴。」九把刀不屑地白了我一眼：「虧你還見過鬼。」

「……」似曾相識的對話，令我有種異樣的不安。

「你的臉色很差，是不是腎虧了？」九把刀打量我。

「本來眞的有腎虧，但快好了。」

「是喔，失戀啦？」九把刀隨口道破。

很慘的人，總是在找另一個很慘的人訴說心事，尤其是九把刀已經聽過了前情提要。

九把刀打開筆記型電腦，鉅細靡遺將我說的敲在「上課不要」的系列檔案裡。

有人負責記錄，講起故事來就特別尊爵不凡。

我慢慢說起素子跟我之間後來發生的一切，素子跟我每天做愛做到天昏地暗，在公廁遇到金毛王用屁眼寫字，遇到非常陰險的陰險文青，在拘留所目睹無道德下限的打手槍大賽，我餓到差點吃到洨，很爛的警察盡情污辱我，我氣到叫素子吃光派出所的人……

當我講到，素子爲了安慰後悔不已的我，只好變成湯唯跟我做愛的時候，九把刀一直咯咯咯地笑。

「笑三小？」

「呵呵呵呵，好色情喔，《上課不要打手機》這本一定會被老師跟家長聯手投訴。」

「等等……你剛剛說，『上課不要打手機』？」

「對啊。」

「你以前不是跟我說過，你第三本上課不要系列，想要叫什麼……『上課不要打手槍』，或是叫『上課不要打老師』嗎？」

「吼，我祕密跟新馬的大眾出版社通過電話了，他們說第三本如果叫『上課不要打老師』，或是叫『上課不要打手槍』，都不會通過書名審查。所以嘿嘿嘿，我打算在封面上叫『上課不要打手槍』，然後把『槍』這個字打一個叉叉，在旁邊改成機，變成『上課不要打手機』！這樣反而有一種好笑的感覺。怎麼樣？」

上課不要打手機。

我呆住了。

竟然給亞歷山大矇中了？

「九把刀，如果你有一台時光機……你會不會想回到過去，把你做過……」

「你覺得我很慘，慘到需要時光機是嗎？」

「是。」

「時光機是孬種的人幻想出來的東西，不犯錯的人生眞是太無聊啦！」

不犯錯的人生眞是太無聊啦！

我完全傻了。

「老闆，我好像愛上素子了。」

「第二本結束時讀者就可以猜到接下來的發展了，你現在才知道？還好像？」

「可是，我愛上的是……一條蛇？」

「合理的叫愛情，對的叫愛情，大家認同的叫愛情。」

「……」

「那不合理的呢？不對的呢？大家不認同的呢？」

我點點頭的時候，發現九把刀的樣子變得非常模糊。

「就不叫愛情了嗎？」

這麼簡單的事，我早已明白的事。

我拔腿就跑。

我只有一個地方可以去。

那個地方，叫愛情。

CHAPTER 7

世紀打手槍大戰

01

家裡沒有人。

一切維持得跟我衝出去的時候，一模一樣，唯獨少了一個站在窗邊的身影。

我打開每一個衣櫃、每一個抽屜，檢查了床底，找得我汗流浹背。

「素子能去哪？」我呆呆地拿起枕頭，用力吸了一口。

我在胡說什麼。

她是一個千變萬化的蛇精，尤其千變萬化都很漂亮，能去的地方可多著。

我打開冰箱，吹點寒風冷靜冷靜。

我知道素子會去哪。

依照亞歷山大跟我說的未來資訊，我們會在信義威秀的廣場上，一起遇到外星人攻擊，外星人會公開播放很可怕的A片，展開空前但不絕後的一場世紀打手槍大戰，打輸的人全部都會被吸進A片裡變成一顆又一顆微不足道的畫素！

雖然我很不想承認外星人這麼下流，未來這麼遜，但我見識過刺刺武國人的確就是這麼低級。我的現在就很遜，未來也不會多高明，亞歷山大說的，我都信了！

我關上冰箱，整個人已經煥然一新。

今天是幾號？

不重要，肯定還沒來到歷史性的那一天，否則成千上萬人一起在威秀廣場打手槍，新聞早就瘋狂報到台灣變成國際汁光。

無論如何，我用最熱血的速度趕到了信義區的威秀廣場。

我不知道從何找起，只能坐在廣場看街頭藝人表演，看大螢幕循環播放電影預告，渴了就喝街頭藝人放在旁邊的水，餓了就吃大家吃剩的爆米花，想尿尿就進影城，我無時無刻都在搜尋素子的身影。

過了三天，我的腋下已經飄出濃郁的狐臭，胯下也積聚了大量不正常的尿垢味，乾脆我就立了一個牌子，上面寫著「行爲藝術，這個社會的體臭」。

有一些國中生經過我，會用力吸了好幾大口，然後作勢狂吐狂吼狂笑。有一些高中生經過我，會一手捏著鼻子一手比愛心，跟我合照打卡。有一些大學生經過我，會品頭論足說這是他們看過最了不起的街頭藝術，還從口袋裡掏出幾張縐縐的發票放在我腳邊。有一些研究生經過我，會嚴肅地看著我許久，直到他們忽然感動得無聲流淚，然後掏出零錢，勇敢地放在我的手心上。

第四天，我遠遠看到了素子。

素子大著肚子，跟一個男人手牽著手，走向影城。

她的嗅覺超級靈敏，早已發現臭臭的我，表情非常吃驚。

我看著她。

她望著我。

而他？

牽著她的他，竟然是陰險文青。

「我告訴你，今天我們要看的『神力女超人』，其實就是一部象徵女性崛起的影像代表，內容嘲諷男性的虛僞與好戰，更強調女性崇尚正義與和平的天眞。爲了確保妳等一下吸收的意識型態是正確的，我特地先跑去看了兩遍，看了以後，我希望妳不要害怕爲自己做決定，不要讓別人替妳決定妳應該成爲什麼樣的人，尤其妳是如此特別，如此的獨一無二，本來就不應該尋求不特別的大多數人的意見，像我，我就很特別，我是台大法律系的，雖然我還沒畢業，但只要我想畢業隨時就可以畢業，隨時，ＯＫ？可是我不願意，因爲一旦我決定畢業了，不就代表我認同了文憑主義嗎？不就意味著我認同了像我這麼優秀的人，也需要憑藉著一張台、大、法、律的畢業證書，才可以在這個社會上立足嗎？告訴妳，我從來不把別人的意見當一回事，更別說那區區一張畢業證書了，我完全不care！素子，其實妳應該更認眞考慮一下我上次的建議，素子這個名字，是那個王大明給你的，他用什麼身分給你這個名字的呢？他是自以爲是妳的主人的身分啊！所以素子這個名字，是奴隸的名字，而且素子來自椎名素子這四個字，這四個字是日本ＡＶ女優啊！充滿了性剝削，不平等、不正義、不禮貌，素子不應該是妳的名字，妳應該自己想一個，代表妳脫離主僕奴隸制後重獲新生，一個覺醒公民的名字！當然了，如果妳需要建議的話我隨時都在，畢竟我是台大法律系的，專長是憲法跟社會秩序維護法，我的想法是，各取一個字，憲法在法理的位階上在社會秩序維護法之前，所以前憲後社，叫憲社，妳應該記得我叫什麼名字吧，我叫陳柏達，妳如果覺得我人不錯的話我可以讓妳跟我姓，就叫陳憲社，妳覺得怎麼樣？嗯？我跟妳說話妳眼睛在看哪裡？嗯？在看哪？」

陰險文青講了這麼一大串，才終於發現素子早已停下腳步。

她看著我。

我望著她。

素子的肚子好大。

我好臭。

陰險文青難以置信地看著我。

「你別想帶走素子，素子現在是我的！她肚子裡的小孩我也一併照認！」陰險文青得意洋洋地說：「我們已經在一起快一個月了，天天打砲，剛剛出門前也照打，什麼姿勢都試過了就是不想跟你一起試3P！你省省吧王大明！快快離開我們的視線！」

她看著我。

我望著她。

「素子，對不起，我錯了。」

「我不懂。」

「不懂也沒關係，以後我慢慢跟妳道歉，每天都跟妳說一千次對不起。重要的是，等一下妳別害怕，外星人一出現，妳就第一時間變身，把他們全都吃掉，不要讓他們有機會使用A片當武器。」我有什麼就說什麼。

陰險文青的表情扭曲了一下，大怒插嘴：「關於A片武器的事！你明明不信！現在在這裡跟素子鬼扯什麼！」

「我更聽不懂了，你說的外星人，是那些把水果塞進我們屁眼裡的那些外星人嗎？」素子。

「是的，他們的同伴來報仇了。」我點頭。

「嗯，那也是正常的，但你提到變身，現在我不能變身了。」素子想了想，歪著頭說：「也不是不能變身，是不想。」

「為什麼！」

「我怕變身會讓我肚子裡的小孩受傷，現在我已經不變身吃人，只吃雞蛋。」

陰險文青像個局外人，看著我們說著他無法參與的話題，聽到都火了。

「真的聽不懂是吧！聽不懂沒關係，我台大法律，我現在以我的公民身分正式告知你，根據憲法，素子現在是我的女朋友，麻煩你快點滾開，否則我要依法提出驅離，限制你必須保持遠離我們一百公尺以上。」

我看素子。

素子看我。

「是嗎？不能變身了嗎……」我呆呆地看著素子，心裡全都是遲來的覺悟：「過不久我就會被那些外星人抓進去A片裡，這是我的命運，但，妳不能變身也沒關係，那妳就專心逃走吧，頭也不要回地逃走，帶著妳的小孩離開人類的城市，因爲接下來會發生連續十三年的星際手槍大戰，只要有人類的地方都非常危險，尤其是日本，絕對不能去。」

素子難以理解地看著我，卻又像是看穿我一切地讀著我。

讀著我的胡言亂語。

讀著我胡言亂語背後的，道別的溫暖。

「可是，上次我跟金毛王做愛，大明很生氣。」素子的表情好像很爲難：「這個人找到我以後，就一直跟我做愛，大明這次不生氣了嗎？」

陰險文青得意地哈哈大笑，笑到眼淚都流出來了。

「妳跟他做過愛也沒關係，妳只要……」

不，等等！

什麼跟什麼啊！

「我當然很生氣！妳當然不能跟他做愛！」我大吼：「因爲我愛妳！」

素子呆呆地看著我。

那是一種，前所未見的眼神。

從來都沒有人，也沒有蛇，用那樣的眼神看過我。

「我不會說吡吡吡了。」

「沒關係，我幫妳說，吡吡吡。」

「我肚子裡的小孩，不知道是人還是蛇。」

「沒關係，我都養。」

「我其實不知道自己愛不愛大明。」

「沒關係，我可以等。」

講完，我才發覺我根本沒有機會。

沒有這樣的幸運。

「我剛剛說了，等一下會有很可怕的事發生，趁現在妳馬上逃，我會在自己被吸進A片之前，拚盡一切保護妳。」

素子看著我。

我看著素子。

「誰也不能逃走！」

02

假日人潮擁擠的威秀廣場上，七個穿著黑色西裝、黑色墨鏡、黑色皮鞋、打著黑色領帶、非常像是在直銷大會上發表見證的男子，不知道什麼時候，已經站在不遠不近的七個位置，巧妙牽制著我跟素子。

大概是我提前知道了他們的身分吧，不免感覺到他們身上散發出來的滾滾殺氣，而這些疑似假外星人實際上還眞是外星人的黑西裝人，也用看待絕世高手的眼神打量著我跟素子。

同樣吃過外星人的虧，陰險文青嚇得全身僵硬，居然一閃身，站在素子背後。

我伸手緊緊握住素子的手。

素子的手沒有像從前那麼冰冷，甚至還透著一股暖意。

最高的那一個黑西裝人，按下墨鏡框上一個鈕。

「確認檔案——實驗品，王大明，作家九把刀的助手，曾經參與科學家撒拉巴克的實驗主題，關於高智商人類與低智商人類的肛門進行交換後，是否會產生智商互換的情況。實驗後，王大明消失無蹤，撒拉巴克等人也一齊消失，研判與王大明使用不明的祕密武力有關。」

我點頭默認。

「確認檔案——實驗品，陳柏達，自稱台大法律但其實根本不是，曾經參與科學家山島度南的武器實驗，主題是關於人類要看多恐怖的A片才會被吸進去裡面。實驗過程中武器突然研發成功，導致山島度南等十七個科學家被封印進該A片裡，比死還慘。」

我鄙夷地看著陰險文青，不必說出來的潛台詞寫在我臉上……他媽原來你根本不是台大法律！

陰險文青反鄙夷地回看我：「台大法律，只是我身分的一個掩護，我根本不須要念台大法律，因爲我不但超越了台大，也超越了法律！」

我嗤之以鼻：「你的掩護太超越了，我完全不知道你在超越什麼。」

黑色西裝男用墨鏡掃視了素子。

「確認檔案……黃家祥？不！就是這個人！這個人身上果然還有別的基因反

應，撒拉巴克等公民的ＤＮＡ也混在這個人的體內，犯罪資料分析顯示，此人非常危險，疑似將大量的我國公民吞吃，我們的公民基因掃描系統就是追蹤到這個人的基因異常反應，才鎖定追擊！大家注意！戰鬥準備！」

七個黑色西裝男警戒起來，不僅沒有後退，反而用力往前一踏。

超驚人的殺氣撲面而來。

天啊！

爲什麼那些智障外星科學家的背後，會有這麼可怕的靠山啊！

「等等！你們星球的公民在我們的星球上進行的實驗，違反了日內瓦和平公約，以及一百八十多個國家的憲法！對！一百八十多個國家的憲法通通違反了！我現在正式告訴你！我們合理反制你們科學家的不人道實驗，所導致的不人道結果，完全在一百八十多套憲法的保障範圍內！我主張——」陰險文青很激動：「這件事就算了！」

雖然早知歷史的結果，我還是無法不同意他的法律見解：「對！大家握個手！這件事就算了！」

素子點點頭：「好的，那就算了。」

眞是和平的世界啊！

爲首的黑色西裝男冷笑：「雖然我們星球的科學家是有點不正常，在我們星球一直浪費公帑亂做一些沒水準的實驗，申請宇宙旅行到地球做實驗也是一樣亂七八糟，沒一篇論文是有營養的！但是！」

「但是！」其他六個黑色西裝男齊聲大吼。

爲首的黑色西裝男：「同胞就是同胞，同胞血濃於水的感情不容質疑！」

「也不容分裂！」其他六個黑色西裝人大聲附和。

是喔。

素子的手眞好牽。

爲什麼我以前只是幹素子，卻沒有想過牽著她呢？

順序都反了。

爲首的黑色西裝男：「你們吃掉了刺刺武國的公民，就等同於向刺刺武國宣戰！」

「幹！」其他六個黑色西裝人讚聲。

爲首的黑色西裝男：「我們星戰局，千辛萬苦凹到西喇瑪星系8-G107區第三行星總國會的許可，申請到非常昂貴的太空旅行機位來到地球，今天起正式展開員工旅行！」

「員工旅行！」其他六個黑色西裝人讚聲。

爲首的黑色西裝男：「順便發動對地球的侵略，消滅你們這群狂妄自大的地球狗！今天你們三個人！就是明日所有地球人的下場！」

「下場！」其他六個黑色西裝人讚聲。

七個黑色西裝人將領帶解開，脫掉一甩，領帶重重地摔在地上。

地上裂出很大的凹洞。

天啊，這條領帶竟然沉重到可以砸裂地磚，根本就是七龍珠的負重鍛鍊法！

爲首的黑色西裝人微笑：「好心提供你們參考，我們現在的戰鬥力，大約等於地球上的李連杰。」

我倒抽了一口涼氣：「是九零年代的李連杰，還是現在的李連杰？」

「飾演黃飛鴻的那個李連杰。」爲首的黑色西裝人獰笑。

幹好強！

陰險文青全身發抖：「早知道繼續躲在派出所裡面……偷偷……鍛鍊打手槍

的技術……就沒事了……早知道……」

千金難買早知道，萬精難買幹你娘。

七個黑色西裝人繼續脫掉外套，往地上一拋，地磚再度爆裂。

威秀廣場上的行人都往我們這裡看……看什麼看！快去報警啊！

「現在我們的戰鬥力，已經提升到一個李連杰加上兩個甄子丹了——演葉問的那個！」黑色西裝人的首領猖狂大叫。

靠！光是外套就足足有兩個葉問那麼強！

而現在他們開始脫起鞋子！

「素子，我絕對不會讓妳被抓去實驗的。」我挺身而出。

素子卻拉著我，不讓我擺出握拳的戰鬥姿勢。

「大明，我不知道自己愛不愛你，但我知道，我不想要你死掉。」

「我不會死掉，按照歷史，我只是會被吸進A片裡。」

「我沒有看到A片，我只有看到七個非常厲害的人，他們比上次那幾個人要厲害多了。大明，我有一點害怕，我可能打不過他們，你還有你老闆的大便嗎？」

「沒有。」我真是後悔，上次看到九把刀應該跟他討一些大便的。

只見那七個外星戰士，在威秀廣場已脫成精光。

完全的裸體，站在完全被沉重衣褲砸爛的廣場地板上。

「擺脫了無聊的束縛，我們現在的戰鬥力！」黑色西裝人的首領的眼神發燙。

「戰鬥力！」其他六個黑色西裝人全裸怒吼。

「已經達到了一個李連杰！加兩個甄子丹！加三個巨石強森！加十五個馮迪索！再加一百七十四個黃秋生啊！」黑色西裝人的首領大吼：「人肉叉燒包版本的黃秋生啊！」

「叉！燒！包！」其他六個黑色西裝人全裸大叫。

整個威秀廣場上的行人全都尖叫起來，圍觀的計程車也狂按喇叭叫囂。

附近的警察也來了，連不知道爲什麼要來的消防隊也趕到了。

但面對黃秋生，而且還是一百七十幾個黃秋生，警察跟消防隊又能做什麼呢？

03

「假台大的！有沒有什麼計策！」我很緊張。

「裸體上街！我一定要告死他們！」陰險文青語無倫次。

素子的手變得很冰冷。

「爲了不傷害到我肚子裡的小孩，我頂多只能把我的頭，變成大蛇頭。」素子似乎下定決心。

「……幸好妳不是烏龜精。」我小小鬆了一口氣。

「兩百年前我吃過一隻烏龜精，怎麼了？」

「沒事。」我環顧四周：「但妳的頭變成大蛇頭，移動速度會不夠快。」

「是的，大明，等等你可以把我的腳抓起來甩來甩去嗎？」

「沒問題！讓我來當妳的軸心！」

我蹲下，讓素子的兩隻腳跨在我的脖子上，我用雙手跟脖子緊緊鉗住。

我感受到，素子兩腿之間甜美的溫熱，以及淡淡的……精液的腥味？

陰險文青眞的太陰險了，趁人之危，色慾薰心，假台大眞抽插！

不行，我要忍著，此時此刻我絕對不能分心。

七個身材完美的裸體戰士從七個方向，朝我們狂奔而來。

非常明確！

七個人，共十四個奶頭，全都敏感地尖起來了！

「虎形！」

「龍形！」

「螳螂形！」

「鶴形！」

「熊形！」

「河馬形！」

「龜形！」

蹬腳！

七道身影躍升在我們上空，七種霸道至極的拳形封死了所有的逃路。

陰險文青慘叫：「我絕對要告死你們！」

素子的雙腳一緊。

「就是現在！」我用力甩起素子，往上一扛！

素子的頭迅速變成大蛇巨嘴，馬上把使出龍形拳的裸體戰士吃掉半截。

素子挨了六拳。

我往右一甩，素子再啃掉河馬形拳的裸體戰士四分之一。

素子挨了五拳。

我順勢一躲一滑，素子還沒來得及吐掉嘴裡的肉，又咬了熊形拳的裸體戰士一口。

素子挨了四拳。

剩下的四名裸體戰士落下時，已踩在怵目驚心的同伴破爛的屍體上。

連續挨了十五計重拳的素子，整個蛇頭都腫了。

我一邊喘氣，一邊用力按摩素子掛在我的肩上、發抖到快抽筋的兩腿。

「沒想到好好一趟凹來的員工旅行，竟然會遭遇到這種危機……地球罕見的變形人種，眞是可怕！難怪撒拉巴克的實驗基地會瞬間被滅。」裸體首領只揮了三拳，卻已全身盜汗，連奶頭也軟掉了。

他們大可以再聯合跳擊一次。

但下次落地時，不知道誰有那種幸運踩在誰殘缺的身上……

人類最愛熱鬧，威秀廣場擠滿了圍觀的路人，大家都拿起手機朝我們狂拍。

「好真實！國片有希望了！」

「這一定是限制級的吧！」

「『死侍』殺成那樣也只是輔導級，『羅根』也是輔導級，這個不可能限制級啦！」

「血漿有點假！那個屍體也做得有點不像！」

「哪有人裸體在打架的？」

「是CULT片！」

「是在拍『台北物語』續集嗎哈哈哈哈哈！那吊扇人咧？假大麥町咧！」

「TONY有演嗎？」

「那個大蛇頭好好笑喔，導演是嗑什麼才會搞出那種造型啊！」

「就說在學『台北物語』了，士農工商各司其職啊！」

「譁眾取寵！」

許多警察開始嚷嚷要找導演，說沒接到拍戲通知，要求看拍攝申請書。

「男生裸體拍片妨害風化啊！導演在哪！是不是九把刀啊！」

「聽到沒有啊！導演是不是九把刀啊！出來面對！」

「九把刀出來負責！出來！」

警察鬼叫一通都沒人出來認，不知道幹嘛要來的消防隊也擠過來看熱鬧，看到現場只有死屍，沒有人著火，也沒有貓困在樹上，想走人卻被圍觀的民眾擋到動彈不得。這些愚民，完全不曉得地球已經陷入危機。

陰險文青對警察咆哮：「我要自首！快抓我回去！」

警察沒好氣地說：「自首啥啊！」

陰險文青迅速把自己脫光光，露出一身難看的排骨跟一隻筷子細的老二，哭喊：「我色情！我猥褻！我違反憲法跟社會秩序維護法超過七十條！快把我抓走！」

警察嫌惡地看著陰險文青：「你該去的不是警察局，是精神病院！」

關鍵時刻依靠警察，就不叫愛情了。

我要趁我還沒有被A片封印進去前，用我的所有一切，教素子什麼是愛。

04 /

汗流浹背的裸體首領看著我喘氣：「要打敗那個變形人種……呼……必須先幹掉那個看似平凡的男人……他……呼……呼……他才是所有攻擊的發動者。」

白痴，剛剛誰抽空給我一拳我就死到不能再死了，幸好素子誇張的猛擊就是最好的防禦。

「大明，我好像快昏倒了。」素子的蛇頭極速退化，變回人頭。

現場圍觀的民眾發出讚歎：「劇組好有錢！特效做得不錯！」

我看著鼻青臉腫的素子，她掛在我肩上的兩腿明顯快沒力氣了。

完蛋，現在該怎麼辦。

「想騙我衝過去決鬥……呼……省省吧狡詐的地球人！我們……呼……不會上當的！」裸體首領後退一步。

其餘三人也往後退了一步。

裸體首領忽然一個福至心靈的冷笑：「呼……解決那個掛蛇男，不如，就連這個廣場所有的男人……呼呼呼……都一起陪葬吧！」

其餘三人一齊打了個冷顫：「眞的要放嗎？就連我們也逃不了的首領！」

裸體首領深呼吸，大聲斥責：「呼！能夠作爲刺刺武國苦心研發的大規模毀滅武器在地球上第一次攻擊的見證者，呼！犧牲也是理所當然的，難道我們要讓這三個地球人看笑話嗎？快點準備！抱著連我也得擊敗的心情！才能擊敗地球人！」

說完，果斷按下墨鏡邊緣的一個鈕。

墨鏡射出一道光束，射進了威秀廣場上的巨型螢幕。

我的天啊，最愚蠢最瞎搞的歷史眞的要開始了嗎？

陰險文青慘叫：「天啊！A片攻擊成眞了！」

他的慘叫聲令我毛骨悚然，空前的毀滅級A片就要開始播放了嗎！

威秀廣場的巨型螢幕被外星人的色情光束一擊中，原本在播放中的電影預告變成了黑白亂碼。慢慢的，亂碼有了規則，黑白有了色彩，漸漸有圖案浮現。

接下來，裸體首領的聲音，透過他墨鏡上的特殊麥克風，傳送到整個威秀廣場。

「絕對不是先禮後兵！是武器必須公平說明才能正確啓動！所以聽好了愚蠢的男性地球人！我們刺刺武國人，經過幾百年針對地球人各種行爲的調查，終於研發出一套終極的毀滅武器，這套武器標榜公平！公正！公開！等一下有一支非常可怕的A片會公開播放在這個大螢幕上！」裸體首領的聲音。

廣場一片譁然。

「只要你看著A片畫面打手槍，打到現場第一個射出來的話！你就不會被吸進去這支A片裡！記住了！只有第一個射出來的人不會被封印，其他的人！只要你是男的！就會被吸進A片，變成一顆畫素，變成A片更強怨念的一部分！永生永世都逃不出來！」裸體首領的聲音。

只要是男的？

也就是說，女生不會被吸進去！

難怪亞歷山大特地告訴我的未來歷史裡，素子是在戰鬥後過幾天，才因傷重被抓回刺刺武國實驗，而不是跟我一起被吸進A片裡。

我猜想，刺刺武國星人一定沒有女性，只有男性，所以想在入侵地球的過程中只殲滅男人，然後把女人通通收編，瘋狂進行各種色情繁殖，所以才會處心積慮研發針對男性的武器，且A片只封印男性，又不傷害環境，也不波及其他動物，不得不說這一招實在是太聰明了！

「等一下，轉過頭不看的話呢？」有個路過的中學生舉手。

「會被吸！」

「如果閉上眼睛打呢？」一個眼神飄忽的上班族舉手。

「會被吸！」

「我本來就是個瞎子，看不到螢幕怎麼辦？」一個眼盲的街頭歌手舉手。

「一樣吸！」

「我是GAY，我不想看不是GAY的A片打行不行啊？」一個猛GAY舉手。

「就是吸！」

「我女朋友跪下來幫我吹，快射出來的時候我再自己打咧？」一個流氓舉手。

「絕對吸！」

「我只是一個毛沒長齊的小四生，我可以不參加嗎？」一個小學生舉手。

「照樣吸！」

「我出門前才打過一次耶！這樣不公平吧！」一個看起來很震驚的肥宅舉手。

「干我屁事！比賽正式——開始！」

眞是一個超有魔力的「正式開始」呼喊！

當A片隆重出現在廣場的巨型螢幕上時，所有男性都果斷把褲子脫下，把老二拿出來。雖然我會被吸進A片是命中註定的史實，卻也不由自主地照辦。

「沒辦法了，不認眞打會被吸走嘛！」

「是啊，我也是逼不得已的。」

「警民合作，人人有責。」

「警消一家，共體時艱不分你我。」

「看樣子沒打出來是沒機會上好高中了。」

「眞是的，我只是路過，怎麼會捲入這麼離譜的事件呢？」

「我只是出來吃個下午茶，哎呀太晚回去公司會罵的！」

「眞不知道外星人的A片長什麼樣子，希望不要太傷風敗俗啊！」

大家嘴上抱怨，脫褲子拉雞雞出來的速度卻在比快的。

每個男人的嘴角都黏著古怪的微微上揚，好像一生經歷了無數日常的苦與澀，就是爲了等待一個，集體在公共空間打手槍的絕妙理由。

而這一刻，就是現在！

05

一時之間，小朋友拿出小雞雞，老男人拿出老雞雞，警察拿出警雞雞，肥宅拿出臭雞雞，廣場上到處都是人手一雞，連女人也是人手一機拍起大家的雞雞，蔚爲奇觀。

但這個A片？

好像有點怪啊！

原本我以爲會看到一個爆醜的男人或女人，正在跟一隻吃了興奮劑的某種動物進行慘絕人寰的人獸交，最後屎尿齊出的史詩級垃圾片，沒想到……摩天輪？

是的，背景是一個巨大摩天輪矗立在藍天白雲下。

但沒有人在跟摩天輪打砲。

摩天輪下面很空曠，有一個頭髮很捲的中年大叔，正在一台電風扇前打麻將。

一個人打四人份的麻將。

一個人洗牌，一個人理牌，一個人摸牌，一個人搓牌，一個人吃牌，一個人碰牌，一個人補花，一個人槓……他輪流坐著四張椅子，打四份牌，表情有點漫不經心，手裡拿著一碗鮮紅色小番茄吃。

電風扇沒有插電，他媽的不知道擺那裡幹嘛。

大叔沒有裸體，穿了一件白色polo衫、一件短褲、一雙合腳的拖鞋，沒特別古怪，打麻將時也沒有淫穢的表情，倒是一下子苦苦沉思，一下子沾沾自喜，隨著坐在不同的位子而有不同的神態。

拿牌，搓牌，打牌。

威秀廣場上，不分老幼，每個男人的臉上都充滿了困惑，呆呆拿著自己的老二，但沒有人有任何搓來握去的動作——除了四個外星裸體戰士！

那四個裸體戰士聚精會神地看著螢幕，極度認眞地打著手槍。

等等！不對！還有陰險文青！陰險文青也在拚命打老二！

我趕緊投入！

可不管我怎麼打，老二都完全硬不起來。

這個外星A片比我這輩子看過好幾百G的A片都還要可怕，完全找不到一點點可以讓我心跳加速的地方，不要說第一個射出來，就連硬起來都極度困難。

面對這種等級的謎Ａ片，僵硬的不是老二，而是廣場上大家困惑的表情。

仔細想，這個畫面非常不合理。

那個電風扇！爲什麼擺出來卻不插電！

一定有色情的符號藏在那個電風扇裡面！

我死盯著電風扇猛抽老二，抽了半天老二卻無動於衷。

等等！電風扇只是一個低級的誤導！

我將注意力轉移到大叔手中那碗小番茄。

有人打麻將的時候在吃小番茄的嗎？不都是抽菸嗑瓜子喝啤酒嗎！

一邊打麻將一邊吃小番茄，而且是鮮紅色的小番茄，肯定有什麼色情暗示！

我一邊用力打手槍，研究這大叔吃小番茄的嘴型，是不是偷偷在表達什麼……

他沒有舔一舔小番茄再吃。

也沒有吸一下小番茄再吃。

也沒有含很久才開始嚼。

靠！

通通都沒有！

他就是認眞在吃小番茄！一點也不花俏地在吃他媽的小番茄！

正當我開始懷疑吃小番茄也是一個下流的陷阱時，大叔那碗番茄居然吃完了，換成了再尋常不過的抽菸！

抽菸！看起來就是吹老二的性暗示！我要好好把握，一鼓作氣硬到射！

大叔隨性地抽著菸，抖抖菸蒂，吐煙，還咳嗽——感覺就像在比喻吹老二忽然被突襲的精液嗆到！哈哈哈哈哈哈被我看出來啦！好色啊！眞的好色啊哈哈哈哈！哈哈哈哈哈哈哈哈！

幹！

別說是射了！我根本連硬都硬不起來啊！

我左顧右盼，如果亞歷山大轉述的未來歷史正在發生，那麼，他口中在這個廣場逆轉勝外星人的傳奇人物，手槍上將在哪呢？

在我被吸進去之前，至少要讓我看看手槍上將奮力一勃的樣子吧！

廣場上開始不滿地躁動。

「幹到底女人什麼時候要出場啦！」

「那個大叔至少要自己打手槍啊！」

「是不是廣告啊？是賣麻將的廣告嗎？也太長了吧！」

「至少來隻母狗嘛！」

「公狗也行啊！不然就馬嘛！」

「打什麼麻將啊，好歹打麻將來幾個女人，輸一次脫一件嘛！」

「至少露個雞雞吧大叔！要不然對著鏡頭說點黃色笑話也好啊！」

「他剛剛摸四條爲什麼不打出去？明明他自己槓了三條！」

「對啊，五條也碰了，留四條沒用啊！但他就是不打！」

「他高興的話可以留著聽四條單吊啊！」

「單吊什麼啊！他有八筒一對當眼睛啦！那個四條再不打掉他永遠都別想胡！」

「四條打掉他不但胡不了還會放槍啊！幹嘛打？」

「對啊，說不定他會再摸到第四張五條啊，這樣就可以聽六索啦。」

「他怎麼可能摸到五條，他知道上家有五六七條啦又不可能拆。」

「想拆就拆啊！」

「都他自己一個人打，他哪可能拆！」

不行！大家都被誤導了！還以爲自己在看麻將賽！

況且這種一個人打四人麻將的假比賽有什麼好看的啊！

那四個外星人完全不參加討論，自顧自打得很猛烈，陰險文青也打得滿身大汗。

他們果然是刺刺武國的菁英，看這種瞎片，竟還眞的把老二搓到硬起來，可怕！

我試著不去聽那些忘了打手槍的路人討論要不要打四索。

那些都不重要，那些都無關A片，那些都不色，那些一點都不色……

可他爲什麼不打四索！不打手槍就算了！但爲什麼不打四索！

「大明，你不要太緊張。」素子輕輕握住我發抖的手。

我的眼角餘光瞥見素子的臉，剛剛那幾拳的內勁已經爆發，她已七孔流血。

「我怎麼可能緊張，我一定百分之百被吸進去的啊，我只是很不服氣，我竟然是被這種莫名其妙的爛東西給吸進去！」我悲憤地握著超軟的雞雞：「怎樣？

我等一下是要變成其中一顆麻將嗎？」

「大明，很久以前我看過一部電影，它說，牌品好，人品自然就會好。」素子七孔噴血，如數家珍地說：「越爛的牌，越要用心打。」

我嘆了一口氣。

「素子，雖然我愛妳，但妳很明顯是個白痴。」我看著摩天輪後面的藍天白雲：「我喜歡上妳這種白痴，我肯定更白痴……」

突然，一道強大的靈光轟進我的腦袋。

越爛的牌越要用心打。

越爛的A片，越要用心打！

對啊！絕對是這樣！

我仔細觀察大叔正在摸牌的手……指甲裡還有菸垢！

菸垢……菸垢是不是可以有一點性感！

大叔剛剛摸到白板的時候，打了一個噴嚏……他的胸部好像震了一下！有！不是好像！眞的震了一下！我感受到了那一股波濤洶湧的節奏！

大叔的腳趾勾了一下，好像有點癢，哈哈哈哈他覺得癢！他有感覺！

「他是不是摸超過海底啦！早就流局了他還摸什麼啊！」
「他是不是不會打牌啊！一個人打四副牌！沒一把聽的！」
「沒一把聽！流局了還繼續摸！摸屁啊！」
「太扯了！還假裝在那邊想？」
「爲什麼不乾脆一點重新洗牌啊！下一把換個會打的行不行！」
「他剛剛是不是忘了補花啊？」
大家都太專心看一人麻將了，紛紛抗議起來。
我卻開始有一點點硬了，很好，我已經追上了陰險文青的節奏。
我要被吸進去之前，至少努力過！我從來就不是一個果斷放棄的人啊！
就在大叔持續違反規則、繼續把剩下的十六張牌一一摸乾淨時，四個外星人也非常堅硬了，看樣子大家都找到了離奇的手槍點。
接下來，就是尋找影片裡的最後衝刺點了。
我巨莖會神，仔細瞪著那一座巨大的摩天輪。
衝刺點說不定早就藏在影片裡了，只是我們都被麻將、被大叔要色不色的摸牌動作給誤導了，那座巨大的摩天輪，非常可疑！

「我一定會贏的……我是台大法律，我是台大法律，我是台大法律……」陰險文青全身布滿了青筋，眼神非常渙散：「憲法！社會秩序維護法！在台大法律的面前……我正式宣布你們通通無效……台大法律……我是台大法律……」

「醒醒，你不是台大法律！」我很賭爛嗆他。

「對，我不是台大法律，我超越了台大法律！我是——手槍！手槍上將！」

「對啦對啦，你是手槍……」

我說到一半，整個傻掉。

「等等，你說你是手槍上將？」

「我是手槍上將，從小到大我在班上的綽號就是手槍上將……要不是我指考的時候寫完數學就忍不住打手槍還被抓到，數學直接零分，我早就上台大法律了……我……嘿嘿……我從國小三年級開始就每天打手槍，過馬路停紅綠燈都打，受盡委屈歧視……就是爲了在這一天……D-Day！活下來！」陰險文青打得搖搖欲墜。

我眞的豁然開朗。

對啊，這實在是太合理了！

雖然沒聽陰險文青仔細說過，但比對一下所有我聽過的文本，陰險文青似乎是刺刺武國人在地球上的爛A片實驗裡，唯一生還的人，還導致同一空間的實驗者與被實驗者通通被吸進爛A片裡！所以……陰險文青才會想要找九把刀，一起搜集可以反制刺刺武國人等級的爛A片！

在拘留所裡，陰險文青也是拚了命的在練習打手槍，還刻意看著醜陋的金毛王打，就是爲了在任何時刻都可以射出來！

天啊！陰險文青就是今天在這個廣場唯一能夠活下去的地球人！

也就是那一個，在多年以後帶領地球人全面反擊刺刺武國人的！傳奇英雄！

我完全無法動彈。

腦子裡什麼都沒了。

我有兩個情敵。

一個被素子吃了，卻讓我的摯愛素子懷了他的種。

一個搞了素子整整一個月，還會變成拯救地球的卓越手槍天才。

而我。

我會被吸進A片裡，成爲這支爛A片裡的一個小小畫素。

重傷無力移動的素子，在幾天後會被外星人抓回母星做實驗。

爲什麼？爲什麼活下來的，是這種陰險的王八蛋？

爲什麼？爲什麼這個陰險的王八蛋偏偏是地球的大英雄！

我發現臉上濕濕的。

不是有誰好本事射在我的臉上，而是鹹鹹的淚水滿出了我的眼。

我看著模模糊糊的素子，我跟她的未來，同樣如此看不清楚。

很快的，今天過後的某一天，七孔流血的素子勢必被外星人抓走，她悠哉吃蛋、快樂吃人、幻想總有一天變成人的天眞時光即將消逝。眞希望，有人可以在她最後自由的日子裡，給她最快樂的生活。

或許，帶她回到花蓮深山裡，再看看那些眞正的藍天白雲……

我緩緩放下我的硬老二。

老二瞬間軟掉。

「……手槍上將。」我深呼吸，打起精神。

「不要煩我……我……我要專心！我一定可以！我一定可以！」陰險文青狂打。

「爛人，你當然一定可以，我想說的是，素子她……」我感傷地想交代一些事情。

「不要煩我！你想被吸進去就自生自滅！不要拖我下水！可惡……要不是這一整個月我每個小時都在搞那條蛇，憑我平日的苦練我早就射了！我絕對！早就射了！」陰險文青一邊打一邊咒罵：「那條蛇根本就是來害我的！賤貨！害我完全沒有精液！虧我堂堂台大法律！竟然栽在一條淫蕩蛇精的爛穴裡！」

嘴這麼臭，要不是他未來會拯救地球，我現在眞想一腳踹爛他的老二同歸於盡！

正當我這麼想的時候，我的腳已經超越我的想法直接踢了出去，命中陰險文青超皺超扁的陰囊。

陰險文青立馬跪下，連慘叫聲都發不出來。

我腳上的觸感，空蕩蕩的。

……像是踢到一個完全沒有裝東西的空塑膠袋。

這眞的是一個，等一下會率先打出來的，超級會打手槍的英雄的陰囊嗎？

等等等等……這很不對勁！

「我有規則問題！」我舉手大叫：「如果射出血，算不算打出來！」

「不算！一滴精等於十滴血！射出血怎麼可以等同射出精！射十次血才算！」裸體首領在百忙之中緊急回答我。

射出血不算，而陰險文青也根本無精可射，這樣的意思就是……

「未來的歷史已經改變了。」我震驚。

我怎麼那麼晚才發現呢？

自從亞歷山大特地搭時光機跑來警告我，請我務必不要有任何排泄精液的性行爲時，歷史就已註定改變了——

那一天晚上，如果我沒有跑去蓋亞跟亞歷山大進行接觸，我就會馬上回家，一回家我就會遇到剛剛把素子送回家的金毛王。如此一來，金毛王也不會有機會亂幹素子，素子也不會有機會懷孕，金毛王也不會被吃掉，我也不會因此大發雷霆離家出走。

我也就不會，讓陰險文青有任何機會找到我家，親近素子，拐走素子，幹素子。

一切都是因爲，我跑去找亞歷山大。

而亞歷山大，是人類歷史上的全新事件……也是我的，全新遭遇。

我懂了。

我眼眶裡的所有淚水，都在剛剛那一瞬間，逆滲透回歸淚腺。

七孔流血中的素子，是如此清晰，何其動人。

「素子，從現在開始，我要爲妳打一次，我人生中最重要的一次手槍。」

「麻煩你了大明。」

我那再度握住老二的手，是那麼的堅定，那麼的有力量。

「未來已經悄悄改變了……我！整整一個月都沒做愛！沒打手槍！沒有夢遺！也沒有莫名其妙的陌生人衝過來幫我口交！我現在的體內！滿滿的都是大精液！就算要我對著青箭口香糖打手槍我也沒問題！白箭！黑嘉麗！也完全OK！」

我轉頭看著巨型螢幕上的摸牌大叔。

看看那副又重新洗牌，再度開始一打四的麻將。

看看那座摩天輪。

看看摩天輪上面的藍天白雲。

看看抽菸大叔身旁那一台沒有插電的電風扇。

我懂了。

我完全懂了。

這的的確確，貨眞價實，就是一部眞正的A片無誤！

「沒有插電的電風扇，就是等著被插——這眞是！太色啦！」

我意淫著那一台沒有人插的電風扇，陰莖迅雷不及掩耳地硬了起來。

我目光如炬，雙手快速擾動起來。

電風扇啊我好想幹你啊！你長得好色啊哈哈哈！你看你，光是葉片上滿滿的灰塵就非常色！我就是不用手撥，我要用吹的，吹得我滿臉都是灰塵！吹到我嗆到連鼻涕都流出來，然後把我的鼻涕通通都抹在你的直立柱上！葉片上的灰塵就那麼色了，何況是葉片本身，還足足有四大片那麼色！瞧瞧那個拖在地上的電源線，我眞想用它狠狠地把你綁起來，綁到你完全喘不過氣，動彈不得，然後狠狠幹你！當然了，你可別想得太美，我絕不會馬上就把我的大雞巴插進你的電源孔裡，我要先凌遲你的葉片！哈哈哈沒有電是吧？沒關係，我自己用手撥，我越撥越快，你就越興奮是吧！然後我要把我的硬雞巴放進葉片裡面攪！搗亂你葉片的節奏，讓你的葉片一下轉！一下子卡住！一下子轉！一下子又卡住！哈哈叫你進退兩難！欲仙欲死！

全廣場上的男人幾乎都在討論麻將。

「太誇張了吧他剛剛又忘了補花，已經小相公了，怎麼還可以吃碰啊？」

「到底會不會打牌啊？上一手幹嘛不暗槓紅中，四張紅中不暗槓到底要怎麼玩！」

「他想湊哩咕哩咕不行嗎？」

「四張紅中不能算七對子吧！何況他是打台灣牌十六張，哪可以聽哩咕哩咕？」

「四張紅中當然可以算兩個對子啊，而且還加算四歸一，多三台！」

「就跟你說台灣牌十六張沒有玩哩咕哩咕，那是香港牌的玩法！」

廣場上的大家都沉淪在麻將的陷阱裡。

只有陰險文青和四個裸體外星人依舊不爲所動，看著A片尋找蛛絲馬跡，激烈打著手槍，我猜想他們一定是聞到了我身上的焦味，於是轉頭驚訝地看著我，各個露出難以置信的表情。

是的，我打出一縷，焦焦、臭臭的煙了。

我淫笑。

縮緊屁肌，睜大眼睛，屏住呼吸。

焦煙瀰漫，蒸氣重重。

「二，檔。」

神加速！

電風扇你死定了！

我要！

插死你！

我在現實世界裡拚命前後搖擺，在意念中瘋狂地抽插電風扇。

漸漸的，現實融入了意念，意念滲透進現實，現實跟意念已經彼此修幹，互相摧毀，卻又在毀滅的碎片中重新組合，拼接出一種最原始最強大最純粹的慾望！

我的掌心摩擦出熊熊的火焰，包皮完全燒焦。

不用說，我堅硬的陰莖已經膨脹到極限，是我生平從來沒有抵達過的七公分！

陰險文青慘叫：「怎麼可能！這麼小怎麼可能！」

裸體首領表情扭曲：「不可能的！區區一個地球人絕對不可能打得過……而且還這麼小！」

小什麼小，什麼不可能。

山不在高，有仙則名，水不在深，有龍則靈。

鳥不在大，有硬則射！

我就是從小在地球長大，個性溫和，爸爸被溶解的，遇過許多不可能的——

王！大！明！

陰險文青消失了。

四個刺刺武國裸體戰士也消失了。

整個威秀廣場上所有的男人，都消失了。

蹤。

巨型螢幕上的毀滅級A片一片空白，連瞬間射在螢幕上的洨也一併無影無

剩下的只有人手一機的女人。

以及倒在地上，七孔流血，用無限崇拜眼神看著我的素子。

我跪在地上，看著那副致命的外星墨鏡。

「一切都結束了，從此以後，我們過著幸福快樂的生活。」

當我捧起素子的臉龐時，我真想這麼說。

我真想，這麼說。

CHAPTER 8
一直一直穿越時空的忠實讀者

01

這個世界的荒謬遠超過你的想像。

台北信義區的威秀廣場遭到星際恐怖攻擊的重大事件，在各大新聞平台上一則都沒出現，反而在各大社群網站上討論得沸沸揚揚。大家都在猜測，是因爲守護正常家庭價值聯盟、反對跟摩天輪結婚陣線、一夫多妻多妾制中華傳統家庭聯合社，一起把這個淫蕩的新聞事件給鎮壓下去的結果。

我不在意，我只在意素子的傷勢。

大戰過後，我們一起去超市把所有可以買到的雞蛋都買回家，讓素子一邊吞雞蛋，一邊聽我敘述遇到穿越時光的亞歷山大的遭遇。

人類的世界很荒謬，蛇的腦袋益發單純，素子一秒都沒有懷疑亞歷山大所說的關於時光旅行的事，只是一直專注吞蛋，故事跟蛋都照單全收。

吞完了，我們嘗試做愛，但沒有成功，我好像把所有的精液都射在遙遠的銀河系。

沒關係，我們第一次沒有做愛也可以抱著一起睡覺，這才是眞愛。

進入夢鄉前，我摸著素子的大肚子。

「大明，爲什麼你會愛上我呢？」

「我也不知道，大概是因爲我們一直做愛吧。做愛做愛，越做越愛。」

「那台大法律呢，他也一直跟我做愛，那他愛我嗎？」

「大概也是有一點愛吧，我不知道也不想知道。素子，別再提他跟妳做愛的事。」

「好的，但爲什麼？」

「沒有爲什麼。我喜歡妳只跟我一個人做愛。」

「那以後我可以跟別人做愛嗎？」

「不可以。」

「那大明以後會跟別人做愛嗎？」

「……不會。」

「你怎麼這麼有把握不會？」

「我沒把握，我只是希望。」我摸著素子的大肚子，不知不覺釋懷了。

如果說素子不只讓我中出，還非得吃了我，才能夠突破人蛇交配的自然限制懷下我的小孩……那我想要素子懷孕嗎？

不，當然不想，我還沒有破解我爸爸溶解之謎，不能死也不想死。

在金毛王跟陰險文青中兩害選其一，我倒寧願素子懷下金毛王的種，畢竟陰險文青實在是太陰險了，而金毛王……嗯，雖然也很糟糕，但至少是個信守諾言的眞龍騎士。相信這個孩子出生後，在我跟素子的教育下，他應該有十分之一的機率，可以成長成一個不須要叫他劉德華也能開開心心的人……吧。

那個孩子，是素子想成爲人的旅程。

我愛素子，我必須接受素子所有的旅程。

02

第二天中午，蓋亞出版社的來電吵醒了我。

「亞歷山大？又是他？」我迷迷糊糊。

「看起來有一點像但又不是很像，重點是他們都沒穿衣服，又很髒。」總編輯聽起來很不滿：「總之你快點過來把他領走。」

我不放心大肚子的素子一個人在家，搞不好又會被誰偷幹，於是帶著她一起去蓋亞。

還沒到門口，一個全身灰灰髒髒的小孩就衝過來對著我大叫：「天啊！這就是傳說中的手槍之王！THE KING OF FUCKING OFF！王！大！明！」

頭一轉，小孩怪腔怪調地對著素子大叫：「YES！這就是造成手槍之王傷心BROKEN HEART一輩子的！傳說中的！蛇母SNAKE MOTHER！」

嗯，這哪裡是亞歷山大，這完全就是個赤裸裸的小屁孩。

他身上唯一穿著的是一條雪白內褲，不用說當然又是蓋亞出版社的社長個人捐贈。

「王大明，麻煩你快點把他領走，不要妨礙出版社進出。」總編輯冷冷地說。

我看著灰灰黑黑的小屁孩：「你到底是誰？找我幹嘛？」

小屁孩尖叫：「我可以GO TO傳說中的吉野家嗎！我要把當年吃不下去的茶碗蒸吃掉EAT THEM ALL！十個！TEN！十個我通通都要吃掉！」

吉野家到底是給了多少錢置入，我非得去吉野家不可。

「我也想吃茶碗蒸。」素子拉拉我的手。

吉野家二樓。

五十個茶碗蒸放在桌上，在素子吃掉其中三十個時，這小屁孩也依約吃了十個。

這小屁孩擦擦嘴，用力舉手：「我可以CAN I吃吃看，傳說中的愛心紅豆湯嗎！HOME DOOR TOWN！」

這種中英文雜交的怪腔調真是有夠討厭。

「我也要吃紅豆湯。」素子感到好奇。

「紅豆湯裡面沒有蛋喔。」我提醒。

「我想吃吃看。」素子躍躍欲試：「三十碗。」

四十碗紅豆湯擺滿了二樓吉野家的桌子。

小屁孩喝了一口紅豆湯，感動地抬起頭來：「眞不愧是，讓歷史再一次扭轉的紅豆湯啊HOME DOOR TOWN！」

「再一次？」我的頭皮不知爲何發麻。

「爲什麼要那麼驚訝？WHY SO SURPRISE？」小屁孩吃得津津有味。

看著他的屁樣，我全身狂起雞皮疙瘩。

「我就是，再一次穿越時光AGAIN的亞歷山大！AlexSanBig啊！」

接下來，亞歷山大一邊吃紅豆湯一邊說的事，讓我不停地打冷顫。

五十年後，當還在唸國中的亞歷山大在線上圖書館第一次看見九把刀的翻譯小說，便成爲死忠讀者，他最喜歡的系列就是「上課不要」，其中系列的第三本最後一章，關於主角王大明如何成爲地球男性的救世主的轉折，讓許多讀者大飆淚。

原本大家以為「上課不要」系列只是單純的搞笑，沒想到因為蛇母素子與其小孩被外星人殺死後，王大明誓言要以一己之力殲滅刺刺武國作為報復，故事搖身一變，簡直變成了地球一百八十多個國家共同的歷史課本！

「到底是怎麼回事！素子被殺？我們的小孩也會被殺！快解釋清楚啊！」

「放心DON'T WORRY！我搭時光機來，就是打算作弊CHEAT告訴你啊！」

刺刺武國人之所以能夠找到王大明也就是我，以及素子，靠的不是低階的臉孔追蹤技術，而是超高階的DNA搜尋系統，由於素子曾經吞吃過大刺刺武國人的DNA，所以不管素子逃亡到天涯海角，刺刺武國人的科技都能夠掌握她的下落。

就在素子生下小孩的第三天，刺刺武國人找到了素子，並且在王大明面前殘酷地使用許多可怕的拳法，活活揍死了母子倆。王大明悲痛之餘，並無法使用打手槍的技術當場報仇，因為……

「不用因為！肯定是我一直都有跟素子做愛啊！」

「是的YES，當天你心知肚明射不出來SHOT NOTHING，所以在刺刺武國人放映A片前就倉皇抓起素子屍體DEAD BODY的一塊爛肉逃走RUN AWAY，躲在紙箱國裡禁槍三個月後才復出!·COME OUT!·」

王大明也就是我，用計令刺刺武國人追蹤素子的爛肉DNA而展開了新的對決，反封印了想在西門町公開放映A片的刺刺武國手槍客，震驚了所有人，也引起了聯合國對刺刺武國人入侵地球的重視。

爲了確保地球男性的安全，聯合國在一個星期內就緊急立法成功——嚴禁所有不分性別的人類與王大明性交，避免王大明也就是我將寶貴的精液射在任何女性或男性的體內或臉上。當然動物、摩天輪、以及電風扇也都是禁止與王大明有身體接觸的。

王大明就在心無旁鶩的狀態下，拿著越來越爛的素子的屍肉，與入侵地球到處放A片的刺刺武國人比賽打手槍，一共比了一百多場!·百戰百射!·百射百殺!·

就是這麼神啊!每一場，不管A片的內容有多扯，王大明也就是我總是有辦法看著裡面的某個東西產生極大的性慾，並且狂暴射精成功，導致刺刺武國的入侵行動反變成了上千名手槍戰士的自我毀滅。

王大明公開宣稱，他即將搭乘從刺刺武國人那裡搶來的飛行船，以超光速旅行到刺刺武國本土，進行狂暴的打手槍，打到刺刺武國滅國爲止。

被逼到絕境，刺刺武國人出了奇招，竟然瘋狂買下HBO的過半股份，打算在「冰與火之歌」最後一季最後一集的播出時，公然播放超恐怖的A片，此舉將造成地球男性極大量的消失！

聯合國爲了讓全球的男性可以安全地看到「冰與火之歌」最後一季最後一集，只好跟刺刺武國人簽訂互不打手槍條約，刺刺武國人趕緊同意，沒想到王大明也就是我卻大力反對，王大明報仇心切，打算一意孤行到底。

爲了讓條約順利進行，又爲了防止刺刺武國人出爾反爾，聯合國將王大明囚禁起來，每個禮拜固定放各式各樣的電風扇進牢房，誘惑王大明孤獨地把珍貴的精液打出來，一旦刺刺武國人反悔又要搞地球，再把王大明放出去對付刺刺武國的手槍戰士也就是了。

王大明，一個拯救地球無數次的手槍之王，就這樣一直跟電風扇一起被囚禁著……

「幹！爲什麼聯合國可以這樣對我！不公平！」我怒吼。

「YES！所以我來啦！I AM HERE！」

亞歷山大雖然覺得，第三集之後有連續十本「上課不要」系列，通通都在講王大明打手槍對抗外星人的情節，非常熱血也非常有趣，但王大明也就是我，的下場，未免也太悲哀了吧？聯合國眞的很賤，超爛，萬萬不應該如此對待一個救世英雄。

年紀輕輕的亞歷山大開始研究系列的第三本《上課不要打手機》，認爲要扭轉王大明命運的玄機，就藏在赤裸裸的故事情節裡——他完全認爲，在《上課不要打手機》最後幾回合出現的，一個叫做亞歷山大的時光旅行者，非常有可能，超級有可能，無敵有可能，就是，他未來的自己！

是的！當時還是國中生的亞歷山大認爲，那個老是怪腔怪調中英雜交的時光旅行者，就是未來的他！亞歷山大抱著這樣的信念，更加篤信書中的內容都是眞的，未來年老的自己肯定「穿越過」時光，告訴王大明也就是我，如何避免悲劇發生，而王大明也因爲亞歷山大的到來，誤打誤撞眞的改變了被A片吸進去變成一顆畫素的悲慘命運。

「你知道嗎YOU KNOW？那天我看到《上課不要打手機》裡面，王大明也就是YOU！在跟亞歷山大也就是未來的我在吉野家聊天以後，你下樓後竟然還很好心地點了ORDER十碗熱紅豆湯給未來的我喝DRINK，我看了眞的是很感動VERY

TOUCH！所以我就想——」

於是這位國中生版本的亞歷山大就想，既然未來年老的他能夠找到一百多歲的九把刀，請九把刀告訴他時光旅行的奧祕，國中生版本的他，爲什麼不再做一次時光旅行，再一次警告王大明也就是我，該如何避免悲慘的命運！

如此這般，國中生亞歷山大找到了當時正在寫《獵命師傳奇》第三部曲的六十幾歲九把刀，馬上就投身時光旅行的烈燄，穿梭到過去，與世界級的偉人王大明也就是我會合。

我看著津津有味喝著紅豆湯的亞歷山大，不禁有一些感動，但更感到恐懼。

「世界各國……沒有瘋狂創辦一大堆打手槍學院？」

「沒有NEVER！」

「小學生的早操不是大家一起在操場打手槍？」

「不是NO！」

「日本沒有在電車上建立熱血沸騰的手槍防線？」

「日本繼續GO ON拍很多A片而已。」

「Google研發的alphaGo的最新版本……」

「AlphaGo沒有發展出打手槍的淫蕩演算法SEX ALGORITHM，倒是研發出超熱賣SUPER SALE的性愛機器人SEX MACHINE。」

「幹！全世界通通推給我一個人打手槍就對了！」

「BINGO！」

BINGO你娘！不公平！這個世界根本沒有正義！聯合國憑什麼立法命令地球萬物都不能跟我做愛，逼我成爲唯一可以用打手槍這種爛招，對抗外星人入侵的苦情英雄！

最後竟然還爲了看「冰與火之歌」最後一集，忘恩負義把我關起來！把我關起來！把跟我一大堆電風扇一起關起來！

靠，一想到電風扇，我現在竟然勃起了。

「好吧，這次我就直接相信你了。」我激動地一拳搥在失控的老二上：「告訴我，我該怎麼做，素子跟她肚子裡的小孩才不會殺死？我又該怎麼做，才能擺脫這種爛命運！」

「我可以再點十碗紅豆湯嗎！」

「喝得完嗎你？」

「喝不完！點爽的！」

「……幹！來一百碗！」

一百碗只是點爽的紅豆湯，最後擺在吉野家門口，隨便讓路人拿光光。

而我得到的建議，讓我整夜輾轉反側。

倒是一直牽著我的素子的手，越來越緊，越來越緊……

03

我們所剩的時間不多。

在來自未來的預言裡，素子一生下我們的小孩不久，外星人就會殺到。

素子沒有生過人類的雜種，無法預估小孩降生的時間。

「我的小孩，是人類，還是蛇呢？」素子看起來很期待。

「這個答案ANSWER……你們不想自己發現FIND OUT嗎？」亞歷山大抓抓頭。

昨天晚上無依無靠的他在我家浴室過夜，洗了澡的亞歷山大將那些灰灰黑黑的屑屑全給沖掉，看起來乾淨多了。

刺刺武國的威脅太強大，我所得到的建議，還是得著落在時光旅行的可能性上。

亞歷山大並沒有記住時光機詳細的地址，只曉得大約在現代的三重。

我租了一台車，在三重一帶東繞西繞，看看亞歷山大能不能忽然看到什麼似曾相識的場景，將線索延續下去。

二十一世紀初期的一切對他來說都很新鮮，一直說跟懷舊電影裡看到的很像，感受卻很不同，一看到連鎖速食店，他都很興奮地想下車去吃東西，看看舊時代的經典餐點口感到底有什麼不同。我也只能由他。

如此沒效率地晃了整整三天，連睡覺都在車上癱著。休息時，亞歷山大一個人霸佔了車後座呼呼大睡，我跟素子只能在前座盡量屈著腿。

不是冬眠期，素子不太睡覺，她一直守護在半夢半醒的我身邊。

「素子，妳眞的不想……跟那些爛外星人拚一下嗎？」

「大明，我覺得亞歷山大的建議很好，既然我的基因，會被那些外星人的……」

「科技。」

「是的，既然我的基因會被那些外星人的科技追蹤，不管我逃到哪裡，這個世界都沒有我的容身之處。爲了我肚子裡的孩子，我必須遠離你，遠離我的孩子，唯一的方法，就只有遠離這個時代了。」

「……素子，妳眞的捨得離開這個時代嗎？」

我低頭，不敢看著素子。

我眞正想問的，是難道妳眞的捨得離開我嗎？一個眞正愛上妳的人類？

「我想去一個，可以讓我流下眼淚的地方。」

素子現在是什麼樣的表情，我沒有勇氣抬頭。

「或者，一個可以讓我流下眼淚的時代。」

我眞想把亞歷山大搖醒，逼他跟我一起哭。

到了第四天半夜，我們終於在一處密密麻麻宮廟雜集的小巷區，喚起了亞歷山大的記憶靈光。

亞歷山大整個大叫起來：「就是這裡HERE！我記得這些……好可怕的記憶MEMORY啊！」

車子進不了這些錯綜複雜的小巷，我們只得下車步行。

在亞歷山大又興奮又迷惘的帶領下，在暗巷裡穿過知名與不知名的小宮廟，還有一堆鐵皮屋小工廠，沿途眞是有說不出的詭異，短短五分鐘就走得我心驚肉跳。

「好像有點可怕。」我皺眉。

「我不怕，這裡沒有什麼聞起來是危險的。」素子倒是一如往常。

想想也是，我牽著一條千年大蛇精，必要時可以狂吃人，到底有什麼好怕。

「這裡在未來FUTURE也差不多是這樣，很多MANY MANY宮廟，彎來彎去。」亞歷山大笑嘻嘻地說：「時光機就快到了VERY SOON！」

忽然在一個轉角的轉角後面，閃出了與環境極不相稱的光。

CHAPTER 9

火焰奔騰的時光機

01

一間燈光明亮的嶄新便利商店，矗立在層層疊疊的眾宮廟之間。

超級不陰森，一點也不神祕。

地點如此奇特的便利商店，大半夜的，裡面好像沒有客人，也沒有店員。

空氣裡都是喜氣洋洋的硝煙味，地上都是鞭炮屑屑。

很顯然這間便利商店今天才剛剛開幕，有一張擺在店門口的神桌，桌上放滿了乖乖、喜年來蛋捲、義美小泡芙、鳳梨、蘋果，還有幾個雞腿便當，也插了香。

有一張半層樓高的投影布幕用繩子掛在便利商店對面的牆上，一台老膠卷放映機也放在神桌上，播著朱延平導演的「新烏龍院」酬神，只見郝劭文光著屁股在電影裡跟抓狂的吳孟達跑來跑去。

便利商店門口台階上，坐著一個肚子很大的光頭大嬸，穿著店員制服，手裡拿著一支殺氣騰騰的好神拖。

光頭大嬸叼著菸，眼神凌厲地掃視三個像是還在念高中模樣的男生。

三個男生跪在地上，各個身上傷痕累累，似乎都不敢與光頭大嬸四目相接。

我猜，這三個男生都是在便利商店開幕當晚，偷東西被抓到的白目高中生。

「時光機在哪？」我低聲。

「在未來FUTURE YOU KNOW，發明時光機TIME MACHINE的人就住在這裡沒錯，只是便利商店變成BECOME了一間……」亞歷山大低調地左顧右盼。

忽然光頭大嬸用力揮出好神拖，暴吼一聲：「到底是誰搞大我肚子！」

三個男生一起哭了出來。

「眞的不是我，我只要喝半杯啤酒就睡死了，怎麼可能……趁機欺負大姊！」第一個男生骨架瘦弱，但模樣清秀。

「絕對不是我！我從小就很難勃起，眞的！」第二個男生長得也不差，可不知道爲什麼戴著一頂綠色泳帽：「尤其是夜唱那天下午剛剛上完體育課，上的還是游泳，我眞的很累，哪來的體力欺負大姊？」

「怎麼樣都輪不到我啊大姊！妳明明知道我喜歡的是男生！」第三個男生虎背熊腰，卻渾身發抖。

光頭大嬸將手中的好神拖抹在第一個男生的臉上，然後旋轉：「睡死！那天喝酒之後你明明還唱了很多歌，還跟我一起跳〈精舞門〉！靠！跳〈精舞門〉的時候你還故意用你的公狗腰一直空幹我！一直空幹我！還假裝是不小心空幹到的！你是不是不認啊！」

瘦弱清秀男努力在好神拖的抹臉攻擊下承認：「那都是因爲大姊太有魅力了！」

「我有魅力！魅力在哪！我很醜我自己不知道嗎！我醜是我家的事！我這麼醜你還迷姦，是不是禽獸啊你！你禽獸你變態你無恥理由還那麼多！」

「不是的大姊！我眞的是醉到完全沒有記憶了啊大姊！」

光頭大嬸隨手一揮，好神拖重擊戴著泳帽男生的鼻梁：「你！你最可疑！」

泳帽男噴著鼻血慘叫：「我眞的沒有那種體力啊大姊！那天你們跳〈精舞門〉的時候，我連在旁邊伴舞的力氣都沒有，我怎麼可能迷姦大姊啊！眞的不是我！」

光頭大嬸怒道：「你去我旁邊按卡歌鈕的時候，你敢發誓沒有偷摸我的奶！」

泳帽男大量噴著鼻血，淒厲地自首：「有！我有摸！但就是因爲有摸！就證明我把所有了力氣都拿去摸大姊的奶了，沒有力氣做別的事……尤其那一天游泳課上的是蝶式，蝶式那個很靠腰，所以唱歌那天我眞的完全都沒有腰力了，怎麼還有辦法上大姊！我發誓！」

瘦弱清秀男大叫：「我也發誓！」

自稱同志的熊男不等好神拖揮擊，舉手大叫：「大姊！我眞的只喜歡男生！所以我眞的不可能上大姊！」

光頭大嬸的好神拖直接由上而下，凌厲地從熊男的天靈蓋切下：「你看看我！我像男人多一點！還是像女人多一點！」

熊男被切到哇哇大哭：「我一直把大姊當好姊妹！親姊妹啊大姊！」

光頭大嬸更生氣了，好神拖直接塞進熊男的嘴：「那就是你搞亂倫是吧！連姊姊都搞！罪加一等！」

碰巧遇到這麼無言的大肚子找爸爸的戲碼，我在一旁感到很尷尬，素子好像也有點不知所措，我怕素子一怕尷尬就想把那些人通通都吃掉，趕緊對她搖搖頭。

倒是亞歷山大一個箭步過去，直接就問了：「打擾I AM SORRY！請問這裡有沒有一個叫甘霖老師MR. FUCK TEACHER的人？」

光頭大嬸暴怒：「沒看到老娘在找偷幹我的淫賊嗎！幹你老師的又是哪個淫賊，關我屁事！」

原本光頭大嬸的好神拖就要砸向亂入的亞歷山大，下一秒卻突然看到素子的大肚子，光頭大嬸愣了一下，口氣瞬間變得很溫和：「小朋友，妳也懷孕啦？」

素子點頭：「是的。」

光頭大嬸看著我，又看了亞歷山大一眼：「哪一個是孩子的爸爸啊？」

素子搖搖頭：「不知道，可能都不是。」

光頭大嬸嘆氣：「大家都是天涯淪落人，連被誰搞大了肚子，都不知道，唉。」

我被這樣說實在很不爽，直接站出來拍胸膛：「不管是誰搞大了她的肚子，我都是小孩的爸爸！為什麼？因為我是真正的男子漢啦！」

光頭大嬸手中的好神拖一個橫掃千軍，將三個疑似亂搞她的男生一口氣放倒。

「你們這群趁人之危的淫蟲敗類！看看人家！人家明明沒有幹！卻還是搶著當爸爸！」光頭大嬸拿好神拖狂砸跪倒在地上的三個男生，出手之狠，世間罕見。

「我有幹！我幹很多次好不好！」我非常不爽。

「什麼！搶著當爸爸結果反而變眞愛嗎！這個世界怎麼這麼不公平！」

光頭大嬸好像被我一句話氣哭了，突然衝進便利商店裡面，拿出一罐殺蟲劑。

「好啊！沒有人要當爸爸！就是都要當畜生的意思是吧！」光頭大嬸拿起殺蟲劑就往三個人的臉上噴噴噴噴噴：「好！我活活噴死你們這些變態迷姦的王八蛋！」

殺蟲劑的詭異香氣頓時瀰漫開來，有一種無法形容的荒謬。

「不！我想起來了！」削瘦清秀男在殺蟲劑的攻擊下尖叫：「我好像中間有稍微醒來一下！醒來的時候竟然發現自己正在幹大姊！天啊！我竟然藉酒裝睡上了大姊！我眞的是畜生不如！原來我才是孩子的爸爸啊！」

「你在胡說什麼！我在體育課練習蝶式，就是爲了鍛鍊腰力！」戴泳帽男生開始跪著原地挺腰，前後擺動示範腰力：「我練出這麼強的腰力，一定可以把精子直接射在大姊子宮那個無底洞！大姊！那一天晚上我真的是……真的是趁人之危啊！」

「其實大姊在我心中完全就是一個親切的大哥哥！不過不是親哥哥！是親切的鄰家大哥哥，可以幹的那種哥哥！」熊男摀著快被殺蟲劑噴瞎的眼睛，慘叫：「是的！哇嗚嗚嗚嗚我色心大發上了大哥！從今天開始我會學習當一個好爸爸的！大哥！讓我們一起活著帶大孩子吧！」

這種關於誰是爸爸的爭論太高級了，我們完全插不上話，只能在旁欣賞。

光頭大嬸活活將殺蟲劑整罐噴完，這三個倒楣的淫蟲還在爲了到底誰是爸爸爭論個不休，接下來的十分鐘，三個淫蟲再度被好神拖揍到無法自理。

02

直到光頭大嬸打累了，坐下猛抽菸，亞歷山大才又發問。

「我想問，你們住這附近NEARBY，有沒有人認識一個叫甘霖老師MR. FUCK TEACHER的人？」

「……名字四個字，是日本人嗎？」光頭大嬸打累了，殺氣也銳減不少：「這裡沒有。」

「是嗎？REALLY？他是賣水煎包的，而且水煎包非常好吃DELICIOUS！」

光頭大嬸的好神拖，毫不客氣地按在戴泳帽男生的後腦勺上：「這附近只有他家在賣水煎包，怎樣，你找他做什麼？他也迷姦你了是不是！」

戴泳帽男生的鼻子都冒出血泡了，好神拖的威力竟有這麼大。

「不是不是NO NO NO！」亞歷山大蹲在戴泳帽男生面前，仔細打量他的臉，想了想：「他沒有強姦RAPE我，但他也……也不是我認識的那個甘霖老師MR. FUCK TEACHER啊……對了！OH YEAH！你家賣的水煎包加不加大蒜？」

「加大蒜……是我們家水煎包最大的特色啊！」戴泳帽男生勉強回答：「但……我……我沒迷姦你啊？」

「賣水煎包那就沒錯啦！BINGO！我們要請你幫忙，做一趟時光旅行！」亞歷山大振奮道。

戴泳帽男生看起來很迷惘，倒是光頭大嬸霍然站起。

「時光旅行！」

光頭大嬸很激動，手中的好神拖飛速揮向亞歷山大，停在他脆弱的鼻尖上：「你怎麼知道……對！你就是時光旅行來的對不對！」

這個快速的神展開，我們全都嚇了一大跳。

「哈哈哈哈哈哈哈哈哈哈哈我就知道！如果我的時光旅行理論正確！一定會有時光旅行者跑到我面前跟我說時光旅行終於成功的事！哈哈哈哈哈哈爽啦！先承認！你們就是透過時光旅行跑來，專程來找我簽名的對不對！」

光頭大嬸陷入一種無法自拔的歇斯底里，狂笑個不停，笑到嘴角的菸都掉了：「我自學多年的時光逆行理論，果然不是白費苦工啊哈哈哈哈哈哈哈！」

亞歷山大看起來極度困惑：「妳就是……甘霖老師？但甘霖老師是男的啊！

就是這個賣水煎包的人的未來版啊！」

「什麼甘霖老師！我就是時光旅行大師！我叫阿春！」

「阿春是誰？YOU？」

「阿春！ME！」

亞歷山大一臉的糊塗：「等等WAIT！我在找的甘霖老師才是時光機的發明人，正確來說應該是……這個家裡賣大蒜水煎包的男生BOY，以後會發明時光機，但是他現在還沒發明出來NOT YET，但沒關係THAT'S OK，雖然他現在還沒發明出來，但既然以後他遲早會發明INVENT出來，現在的他提早努力一下WORK IT OUT，也是很有機會發明出時光機的，這樣一來AND……」

亞歷山大說著說著，忽然自己抱著頭慘叫起來。

「怎麼了？還是你記錯地方了？」我不懂。

「慘了OH SHIT！這麼一回想起來……我是從五十年之後AFTER過來的，那個時候的甘霖老師好像是ABOUT五十歲……應該MAYBE是五十歲吧……天啊天啊我竟然忘了FORGET這一點！」

我太震驚了！

五十減五十，等於零！

這麼說起來，時光機的發明者在這個年代，竟然是零歲！

零歲的意思是，根本還沒有被生出來啊！

而這個賣水煎包的泳帽男，看起來很明顯就是一個十七、十八歲的高中生，超級不是零歲的啊！

「別緊張，我大概都知道了。」光頭大嬸笑了。

那是一種打從內心深處，全身煥發，金光閃閃的那種笑。

並非笑得我心裡發寒，而是笑得我完全不知道所以然啊！

03

三個疑似參與夜唱迷姦的高中男生，持續地跪在地上懺悔。

光頭大嬸從便利商店的飲料櫃裡拿出好幾瓶冰啤酒，算她請客。

「這間便利商店是我開的，他們這幾條臭老二，以為上了我，就可以得到我的人、我的心，加上這一間便利商店……哼！全都是唯利是圖的人渣敗類！」光頭大嬸忿忿不平地踹了削瘦清秀男一腳。

我不用瞥眼看那三個男生的表情，也知道他媽的根本不是。

光頭大嬸坐在台階上抽菸、喝冰啤酒，看起來非得講一個話說從頭的故事不可。

「我從以前就很喜歡讀書，但比起讀書我更喜歡看電影，我最喜歡的電影是『回到未來』……大家都看過吧？」光頭大嬸吐出一口非常臭的煙。

「看過，有三集，就一台被改裝的汽車達到一定的時速……好像是這樣吧？就可以回到過去跟未來。」我想了想：「總之還是第一集最好看。」

「我正好也有看過第一集。」素子顯得有些高興：「雖然很多我都看不懂。」

「我沒看過那麼老OLD的電影YOU KNOW我是從半個世紀後過來的！」亞歷山大看起來很沮喪：「唉，我真是笨了，比起老了的時候再過來的那個我ME，現在的我，真的很想回到未來BACK TO FUTURE，看看被我重新改寫的新歷史變成什麼樣子了，現在慘了SHIT，我完全忘記了要計算CALCULATE甘霖老師在這個年代的年紀AGE！」

素子倒是滿清醒的：「你可以慢慢等到甘霖老師長大，然後就可以搭他發明的時光機回去了。」

「天啊天啊GOD，要等多久啊！偶爾懷舊是很不錯，但我不像來過這裡的老的我OLD ME，我沒有記什麼股票STOCK還是石油OIL趨勢TREND的，我在這裡會完蛋的！我根本就適應不了這裡HERE啊！」

亞歷山大失落地坐倒在地上，手中的冰啤酒快拿不穩。

光頭大嬸呵呵笑了。

「別緊張，一切都很明朗了，答案很明顯——就像你說的，那個時光機發明人以後會在這裡開一間大蒜水煎包專賣店是吧？」

「……是YES又怎麼樣呢？」

「那就很明顯了。」光頭大嬸將剩下幾口的冰啤酒倒在泳帽男的頭上，白色泡沫醍醐灌頂：「我肚子裡的小孩，就是你的小孩，他以後也會學你賣大蒜水煎包。」

亞歷山大跟我都虎軀一震，泳帽男更是直接五雷轟頂到不行。

「然後你說那個時光機發明人叫什麼？」

亞歷山大歪著頭：「……甘霖老師FUCK YOUR TEACHER。」

光頭大嬸點點頭，伸手拍拍泳帽男的臉：「從這一秒開始，你就姓甘。」

泳帽男呆呆地看著光頭大嬸，又呆呆轉頭看著削瘦清秀男：「大姊……他就正好姓甘，還是我讓給他，這樣就……」

削瘦清秀男張大嘴巴，用極度可怕的怨恨眼神射向泳帽男。

光頭大嬸手一伸，抓起好神拖，朝削瘦清秀男的臉上重重一擊！

削瘦清秀男登時昏死過去。

「從前三秒開始，你已經開始姓甘。」

光頭大嬸手中的好神拖在地上一擰，擰出來的都是血水。

「是！大姊！」泳帽男熱淚盈眶，大聲喊道：「我當爸爸了！我終於當爸爸了！」

這個新手爸爸哭了個死去活來，好像懶叫活生生斷成兩截那樣哭天搶地。

光頭大嬸目光灼灼看著亞歷山大，指著自己的肚子：「我現在正式幫我的小孩子起名叫，甘霖老師，目前零歲，將來會在這裡賣大蒜水煎包，這樣一切都很豁然開朗了吧。」

話說到這裡，任何白痴都該懂了。

我看著光頭大嬸的大肚子：「所以你的小孩就是甘霖老師。」

「是。」

「所以你的小孩將來會發明時光機。」

「錯。」光頭大嬸笑得很猙獰：「他可以發明更好吃的超級大蒜水煎包之類的，因爲，時光機已經不須要他發明了！發明時光機的時間從現在開始要提早五十年！就是我！從現在開始我就要全力發明時光機！」

太震撼了！這什麼道理！

光頭大嬸站在削瘦清秀男一動也不動的背上，非常興奮地說：「自從小學三年級的那個夏天，我看了『回到未來』以後，我就一直研究時光旅行的原理，時光旅行有很多種可能，每一種方式我都投入大量的心血去模擬……」

我注意到素子的眼神非常專注。

「但我一直很不安……非常非常不安……想想，如果我未來眞的發明出時光機的話，理論上，應該就會在我發明出時光機之前，提早出現時光旅行者來拜訪我啊？這個永遠互爲因果的關係，就是時光旅行存在的最佳證明才對啊！但因爲遲遲沒有人穿越時光到我面前，告訴我我未來研發出來的時光機成功了，給我信心，給我指引，所以我就不免認爲，是不是時光機根本不可能完成，所以才遲遲沒有人在未來穿越時空過來跟我要簽名呢！」

話裡的邏輯乍聽下好像很混亂，但混亂中好像自有一番道理。

「但你們出現了！你們就是我即將成功最好的證明！」光頭大嬸又開了一瓶冰啤酒。

「不是妳啊，是妳兒子甘霖老師。」我無奈地潑冷水。

「SHIT我還要等你兒子長大！長大以後還要等好久！等五十年！」亞歷山大

哭喪著臉。

「不會眞的等五十年啦，你是從五十年以後穿越過來的，但甘霖老師又不見得是在五十歲那一年才發明出時光機的。」我信口亂講：「安啦，甘霖老師那麼天才，說不定他十歲就發明出來啊？」

「眞的REALLY？」亞歷山大彷彿看到一絲曙光。

「但是我們等不了十年那麼久，外星人就會找到我的DNA，然後把我跟我的小孩殺掉。」素子冷靜地提醒了我：「根據亞歷山大的情報，我們唯一安全的時間，就是我生出小孩之前。」

我倒抽一口涼氣。

素子肚子膨脹的速度遠比人類母親要快，生出來的預產期肯定也很迅速。

光頭大嬸手一揮，好神拖來到亞歷山大的鼻前：「不必！我現在就來發明！」

我跟亞歷山大面面相覷。

「說！我兒子甘霖老師他所用的時光機原理，是不是用急速冷凍製造微型黑洞！」

「不是NO！」

「那肯定是在百慕達一口氣空投一千多顆核子彈！把磁場炸出裂縫！」

「不是NO NO NO！」

「那就是投在魔都東京！把魔都東京炸出時空裂縫！」

「哪有可能！NO！」

「用高壓電流間歇性刺激腦葉，逼腦洞大開，製造蝴蝶效應！」

「我聽不懂CAN'T UNDERSTAND你在說什麼！」

「利用十年一次的太陽黑子效應，在身上綁一大堆無線電呼叫器！」

「那又是什麼啊！WHAT THE FUCK！」

「我知道了！一定是陰道光速震動法！唉，那個方式太禁斷太悲傷了！還要加上九九乘法表，而且成功機率眞的太低……還得配合旅行者的命運……」

「不是不是NO NO NO！是用火！用火燒啊FIRE！FIRE！」亞歷山大大吼。

光頭大嬸怔住。

「果然是火燒嗎……」

光頭大嬸閉上眼睛，我隱隱約約看見她的眼皮急速跳動。

「眞是萬萬沒想到，我最難以逼自己相信的方法，竟然就是答案……」

不等亞歷山大多說一點關於如何用火燒進行時光旅行的細節，光頭大嬸就摸著大肚子，喃喃自語：「一窮火，二慘烈，三躍升，四無回，五進擊，六絕敗，七搶一，八能捨，九至尊，十乃零。此乃火行之理。要逆轉時間，就得反著來做。」

亞歷山大呆呆地說：「……好像MAYBE甘霖老師說過類似的話WORDS。」

「當然，因爲我一定會教好他關於時光旅行的每一個理論。」光頭大嬸一屁股坐在削瘦清秀男的身上，表情變得很沮喪：「只是……火燒法，也是所有時光旅行理論中最危險最變態最沒人性的一種……」

光頭大嬸猛一抬頭，用嚴厲的眼神看著亞歷山大：「你眞的經歷過火燒？」

「眞的非常痛苦。」亞歷山大握緊拳頭，牙齒瞬間喀啦喀啦打顫起來：「幸好GOD BLESS甘霖老師設計的時光機非常牢固STRONG，讓我無法逃出去ESCAPE，不然我就只是單純被大火燒死BURN TO DEATH，而無法進行時光旅行TIME TRAVEL了。」

光頭大嬸在便利商店前來回走來走去，彷彿陷入很糾結的掙扎裡，欲言又止。

「我兒子眞的太變態了，什麼不挑，偏偏挑了這一個……」

這一切都很難以置信，但我是王大明，我經歷過太多亂七八糟的荒唐事，已經造就了我不顧一切相信，眼前就是會不斷發生很多莫名其妙事件的腦弱體質。

夜越來越深，削瘦清秀男還是沒有醒來。

熊男跪著跪著便睡著了。

泳帽男哭了又睡，睡了又哭，哭哭睡睡，睡睡哭哭。

唉，看樣子，時光旅行對世界上所有一切的因果關係破壞性極大，現在，就連時光機的起源都可能變動了，從兒子變成媽媽，看似不合理卻又極度合理。

「時光機的發明者不同，時光機的功能性也不可能完全一樣吧？」我靠在素子的左邊肩膀。

「我怎麼知道KNOW，我現在只希望HOPE有第三個我穿越到這裡，告訴TELL我，我現在應該怎麼做才是對的RIGHT。」亞歷山大靠在素子的右邊肩膀。

我想，這應該不可能吧。

要是因果關係眞的會因爲時光旅行的介入，而不停不停互相地、持續地交互影響下去，我猜啊，那個第一次穿越過來的老亞歷山大，應該已經消失了。

原因很簡單，不是他當初穿越過來找我的理由已經消失，而是因爲年輕的他現在就被困在這個時空裡，所以年老的他也就沒有足夠的壽命或足夠的理由進行穿越。嗯啊嗯啊我好混亂啊，總之那個曾經穿越過來的亞歷山大，就在現在的亞歷山大成功穿越過來的那一瞬間，應該就已經終結因果，平空消失了吧？

我不知道。

太難懂了這一切，說不定宇宙不只有一個？

而是很多個平行宇宙，可以容納很多個在不同時間中旅行的亞歷山大？

我當然也不知道。

心事重重的光頭大嬸來回踱步了好幾千趟。

泳帽男的哭聲越來越斷斷續續，不知不覺，天亮了。

地上都是空啤酒瓶。

布幕上酬神的「新烏龍院」早已播完，停格在「謝謝收看」四個大字上。

忽然，素子猛地站起。

我跟亞歷山大兩顆頭一失了依靠，頓時撞在一起。

「怪怪的。」

04

「有危險的氣味，聞起來很像是上次在廣場攻擊我們的那些人。」

素子抽動鼻子，眼睛線化成蛇眼：「以他們一邊移動一邊尋找的速度，我猜，大概十分鐘以內就會找到這裡。」

我大吃一驚。

「不可能啊NOT OK，刺刺武國人要等妳生了以後才會發現妳YOU啊！」亞歷山大更是非常驚愕：「我們應該還有一些時間TIME可以等這個光頭NO HAIR把時光機發明出來啊！」

素子低頭看著肚子，肚子激烈震動起來。

「我要生了。」

素子抬起頭的時候，我第一次看見素子異常激動，又極度恐懼的表情。

素子一生，就會連同孩子一起被刺刺武國人殺掉。

而我，也將隨之展開漫長又屈辱的復仇之路。

這麼絕望的未來，還要再重複一次嗎？

即將生產的劇痛摧毀了素子的意志，令她整個坐下。

「大明，怎麼辦？」素子罕見地六神無主。

我抓著素子的肩膀，焦急地說：「我也不知道怎麼辦，幫人或幫蛇生產我都沒做過啊！妳想我怎麼幫妳？」我不知道該怎麼做，只能拚命擦去素子臉上的汗。

「我是不是應該忍住，先不生下來，不然馬上就會被殺掉。」

「素子……我會……我一定會拚命保護你們的！妳盡管生下來！」我說著難以達成的諾言，越說越哽咽：「我寧願一起死，也不要一個人孤孤單單活下去……」

「大明太弱了，一下就會死的，然後我跟孩子都會死。」

「妳專心生！生下來！我們一起看看我們的小孩長什麼樣……我們一起看！」

光頭大嬸拿起好神拖，仰天長嘯，雙手爆發用力一折：「雖然我聽不太懂外星人追殺什麼的，不過好像很感人！看來沒有時間嘰嘰歪歪了……好！」

好神拖悍然斷成兩截。

「沒想到時光旅行也這麼趕時間，讓我面對吧！」

光頭大嬸旋即衝進便利商店，打開員工休息室，從裡面推出一台裝了八個滾輪的綠色大鐵箱出來，大鐵箱輪子滾在地上的聲音聽起來很沉重，發出隆隆隆隆的壓迫聲。

「就是這台THE ONE！」亞歷山大驚呼。

「我國中放學後每天都在搞的東西……果然有點意思啊！」光頭大嬸用拳頭用力揍了肚子一下：「你不只抄襲老媽創意，還直接霸佔了老媽的發明，你一定是遺傳到太多你爸不良的基因！」

我沒時間仔細觀察那個大鐵箱，所有的心思都在不斷大口喘氣的素子上，只瞥眼看到大鐵箱上面除了有很多我看不懂的外露管線外，還有很多像是瓦斯爐點火開關的旋轉器，之類的東西，看起來十分粗糙，極度不可信賴。

「光頭NO HAIR！妳會操作OPERATE這個嗎！」

「說那什麼廢話，我當然是……可能會操作啊！」

「可能！」我轉頭大叫：「可能是什麼意思！」

「我升國三那年，爲了實驗這台火焰時光機到底能不能用，我就把穿越的時間簡單設定在未來五分鐘以後，我跟我阿嬤說，躺進去，我把妳燒掉，五分鐘以後妳如果會突然出現在附近，就代表我的時光機成功了。」

「所以你穿越了你阿嬤！」

「不是，我阿公捨不得我阿嬤被我燒，就自告奮勇說燒他好了，反正他中風七次，常常大小便失禁，早就不想活了，乾脆讓我實驗看看，死掉就算了。」

「所以你穿越了你阿公！」

「嚴格來說不是，因爲我阿公被我燒沒幾下，在裡面苦苦哀求我放他出來，我一時心軟，就關掉時光機的火，讓我阿公爬出來……哇靠，我阿公一邊爬一邊慘叫，有半個人都被燒焦了，眞的很……」

「眞的很恐怖！」素子百忙之中接話。

「不。」

「眞的很難過VERY SAD！」亞歷山大接力。

「不。」

「眞的很可憐！」我是最後一棒。

「不，是真的很像木炭。」光頭大嬸感傷地說：「所以我阿公沒有成功穿越，但也沒有被我燒死，而是躺在醫院打點滴一個月以後才在廁所馬桶上中風死掉。我很難過，我也很自責自己為什麼這麼容易心軟，要是我不要提早關掉時光機的火，硬是把我阿公活活燒掉，在絕對煙塵狀態下進行時光傳輸就好了。然後……」

煙塵狀態？

難怪我見過兩次不同時期穿越過來的亞歷山大，全身不但沒穿，還一大堆灰塵。

此時，附近房屋頂樓的鐵皮加蓋發出強烈的踏響！

咚隆咚隆鏘！

或許臨盆在即的素子散發出比剛剛更加濃烈許多的荷爾蒙吧，那些刺刺武國的戰士來得比預期還要快。短短幾秒，上百名個黑衣人佔據了四面八方的屋頂，居高臨下。

我們無路可逃。

「然後呢！」一個特別高大，大約有一點五個姚明高的外星首領大聲問道。

「什麼然後！」我怒道。

「然後時光機怎樣啦！」聽力大概很強的外星首領，也忍不住感到好奇。

「然後我阿嬤很傷心，她說她想穿越到我阿公被我燒傷之前，去警告我阿公千萬要忍耐，不要一直求我放他出去，乖乖被燒掉，這樣就不會住院中風第八次死掉了。」

「所以你阿嬤就穿越成功了！」我大叫。

「我阿嬤燒沒兩分鐘就求我放她出去，唉，都怪我心軟，又把火關掉，放我阿嬤出來，我阿嬤看起來真的很……」

「很像木炭！」一百個外星人異口同聲。

「對，很像木炭，我想拿水潑她，可是我阿嬤已經痛到抓都抓不住，直接衝到我們家後面一條大水溝，跳下去，一路游進下水道，後來就沒有人再看到我阿嬤了。」光頭大嬸哽咽地說：「悲劇不能重演，我將這一台烈火時光機藏起來，提醒我自己……千萬不要再肖想把人燒掉進行時光傳輸，我心軟，心地善良，又好說話，一定會再度把蓋子打開，我一定會不斷失敗的！」

解說完畢。

「哈哈哈！我猜到你們的計謀了……想用時光穿越的方式，把那條吞殺了我們無數族人的變形人種，傳送到一個我們無法調查基因下落的時空，藉此！逃避刺刺武國的正義！」外星姚明冷笑：「眞可惜，你們這一次，不會再有僥倖了。」

素子緊緊抓住我的手，將我的手整個扭到發抖。

素子大叫一聲，正當我以爲我的手就要斷成兩半時……

唰唏哩哩嘩啦啦啦！羊水傾瀉了一地！

素子無力地鬆開了我的手。

……然後是撲咚一聲。

一顆巨大的蛋，從素子的大腿間噴落，掉在……

掉在我即時伸出的雙手之間。

我感動不已，看著捧在手心裡這顆晶瑩剔透的，完美人蛇交的結晶。

素子也忍不住伸出細長的舌頭，慢慢地，溫柔地，充滿愛憐地舔了巨蛋一下。

「眞可惜，我沒機會看清楚，蛋裡面是人，還是蛇了。」素子嘆息。

「都是我們的愛。」我很心疼。

可惜這裡，更多的不是羅曼蒂克，而是來自外太空的強烈惡意。

「不須要掙扎了，你們不但沒有時間啓動那台簡陋不堪使用的假時光機，也沒有時間感動了。」外星姚明握緊拳頭，四周圍的空氣彷彿震動起來：「我們刺武國人是學習曲線驚人的高級人種，你是打手槍高手又怎樣？我們不會再傻傻放A片，傻傻跟你比賽打手槍，最後再傻傻被吸進A片裡犧牲！這一次，我們會直接使用星際國會同意使用的重傷害武術，將你們活活打死，打成人肉果汁。」

亞歷山大火速舉手：「連我這種無關NO ABOUT的人，也會被你們打成人肉果汁MAN JUICE嗎！」

「YES！YOU WILL！」外星姚明雙拳一碰。

一百個外星戰士的雙拳一碰，四面八方的空氣都裂開來，氣勢無敵驚人。

「太不公平了吧！我才剛剛當爸爸啊！」泳帽男慘叫。

「……」削瘦清秀男還是沒醒來。

「連GAY也殺，你們眞的是……一視同仁啊！性別平權！我終於等到這一天了！」熊男哭哭啼啼，不知道是太感動還是太崩潰了。

絕望了嗎？

連最後一絲生機也沒了嗎？

素子看著我，看著我手中的蛋。

這顆蛋，不管裡面一半的基因是我的，還是金毛王的，都無所謂。

重要的是，它擁有素子跟我無限的愛。

剛剛生產完的素子，其臉型正在扭曲，牙齒正在緩緩伸長，想要獸化在死前一拚，卻因爲太過虛弱無法完成戰鬥變形，她處於一種非常尷尬的要變不變。

「我不會讓他們殺了妳，殺了我們的蛋。」我堅定地看著素子。

我深呼吸，轉身，按下放在神桌上的那台老放映機。

膠卷重新喀啦喀啦轉動，射出光束，在偌大的布幕上再一次投影出「新烏龍院」。

那些原本正要開打的外星戰士大吃一驚，僵在原地。

「這……難道是你……」外星姚明竟然在發抖。

「大家都來不及逃掉了，我剛剛播放的是，台灣祕密製造出來的頂級毀滅A片。」我冷笑：「就讓我們看看，到底只有誰，不會被吸進去吧！」

四面八方一片咒罵聲中，一百個外星戰士全都脫下黑色西裝褲，在差點被他們踏爛的鐵皮屋頂上看「新烏龍院」狂打手槍。

「現在是怎麼一回事？」光頭大嬸非常傻眼：「要報警嗎？」

「我能拖延的時間不多，妳必須快點啟動時光機，把她送走。」我壓低聲音。

光頭大嬸趕緊開工，她使喚著亞歷山大以及三個瀕死的高中生，盡量從附近宮廟搬來很多放在戶外的桶裝瓦斯，連滾帶扛，通通放在這台塵封已久的時光機旁。

鐵皮屋頂持續傳來地震般的顫動，以及此起彼落的咒罵聲。

「台灣這是什麼A片！太可怕了！」

「這個小胖子光屁股是光屁股！但真的看著他太難射了！」

「這種劇情完全不能勃起啊！」

「太荒謬了，早知道今天就不跟出來了，等一下要變成一粒畫素這眞是……」

「這是在搞笑吧？這肯定不是A片！這絕對不是A片！」

「你要抱怨就小聲點！我要專心！我不想變成畫素！」

「有人發現硬點是什麼了嗎！發揮同胞愛！快點分享出來！」

這個世界眞吵。

這個世界眞殘酷。

「大明，我不能走。」素子咬牙：「我走了，小孩跟你就會死。」

我眞的是笑了：「十幾個鬼聯手也嚇不死我，神經病的鐵腳踹不死我，人體核彈炸不死我，魔神仔的蚯蚓湯嘔不死我，連妳這種超級大蛇精也殺不死我了，這幾個沒穿衣服的外星人又怎麼是我的對手？相信我，我是全人類命最賤，卻也是命最硬的人，我一向都有辦法逃過去的。」

「……」素子接過我手中的蛋。

我看著素子散發母愛的臉龐：「這是妳跟我們的寶貝相處的最後時光，多看他幾眼，多摸他幾下，妳走之後，我會好好照顧他，雖然他跟著我肯定非常倒楣，可是，我保證，我會用所有的一切去愛他，分擔彼此的多災多難。」

在光頭大嬸的指揮下，大家手忙腳亂將瓦斯膠管，按照神祕的順序連接上這台傳說中的時光機，將氣閥旋開，朝大鐵箱裡灌入滿滿的瓦斯。

「這台時光機的空間就這麼大，一次只能送走一個人，誰要走！」光頭大嬸看著指數飆升的瓦斯量表，大叫：「能量百分百！快點決定！」

我抱起虛弱的素子，將她輕輕地放進大鐵箱裡。

「去哪個時代？」光頭大嬸面目猙獰：「火候越強，傳送能力越強，時代也越遠！」

「去八百年前。」

我在素子的額頭上親親一吻。

「大明，要永遠分離了，可是我還是沒辦法哭出來。」素子看起來很難過。

「沒關係，也許妳並不愛我。」我努力讓自己看起來不難過。

「可是大明，我想愛你。」素子平靜地看著我：「我想為你，流下我第一滴眼淚。」

「沒關係的，素子，沒關係的。」我瞬間熱淚盈眶：「妳流不出來的，我幫妳流。」

「對不起，大明。」素子摸著我的臉。

「素子，到一個更值得的時代吧，去那裡……妳要更用心，更認真，更努力，才能找一個，讓妳愛到不行，哭也哭到不行的好男人。」

我痛哭，號啕大哭。

素子溫柔地抹去我臉上的熱淚。

素子將指尖上的淚滴，輕輕地放在嘴唇上，吸吮入心。

「到時候，我一定要好好大哭一場。」

我知道。

我真的知道。

「大明，謝謝你教我怎麼當一個人。」

「謝謝妳當我人生中第一個，很像女朋友的……最珍貴的人。」

我一直哭一直哭。

其實我早就一清二楚，妳遲早要走的。

在我心深處，早已雪亮會是現在的結局，這樣的對白。

「你可以給我一個新的名字，讓我在新的時光重生時，也能永遠記得你嗎？」

「妳的新名字，我也早已準備好。」

獨一無二，足以流傳千古。

「王大明，你愛我嗎？」

「我是人，妳是蛇，妳說呢？」

「我希望你可以愛我，這樣的話，我就更接近人了。」

我傾身，在素子的耳邊低語。
我親自關上了瓦斯瀰漫的時光機。
機關旋轉，卡榫密合。

「妳跟蹤我多久了？」

「我一直都在你後面呲呲呲。」

「一直嗎？」

「從一開始呲呲呲我就一直走在你後面啊。」

光頭大嬸點火。

瓦斯瞬間燒化成狂暴的火焰，在時光機裡瘋狂燒灼素子。

我用最大的頑固，閉上了眼睛。

「我一定會連他們的份一起活下去的呲呲呲！就跟阿祥一樣呲呲呲！」

「哈哈哈哈哈哈哈哈！」

「你笑了呲呲呲，我剛剛做的，這就是傳說中的呲呲呲安慰嗎？」

「……很像了。」

瓦斯龍捲，烈火焚焚。

素子痛苦地尖叫，不斷從內撞擊鐵箱。

她的巨力絕對可以在一秒內撞破時光機，可她竭力自制，倍增痛苦。

「我不可以跟他做愛嗎？」

「當然不可以！」

「爲什麼我不能跟金毛王做愛？」

「因爲……妳是我的！」

「我是，大明的？」

「不是！妳不是我的！幹隨便妳要跟誰做愛！」

我努力不吼不叫。
我必須聆聽素子承受烈燄的所有痛苦，不能逃避。

「這個人找到我以後，就一直跟我做愛，大明這次不生氣了嗎？」

「妳跟他做過愛也沒關係，妳只要……」

「？」

「我當然很生氣！妳當然不能跟他做愛！因爲我愛妳！」

火焰燃燒到最劇烈，素子的叫聲也來到最淒慘。

天崩地裂的痛苦悲吼，老舊的時光機幾乎要從裡面爆開來。

「我不會說呲呲呲了。」
「沒關係，我幫妳說，呲呲呲。」
「我肚子裡的小孩，不知道是人還是蛇。」
「沒關係，我都養。」
「我其實不知道自己愛不愛大明。」
「沒關係，我可以等。」

我的臉上，只剩下被高溫烤乾的淚痕。
那是素子的痕跡。

05

瀕臨崩解的時光機停止了。

站在時光機旁邊添加瓦斯的亞歷山大，還來不及說聲GOODBYE也忽然消失了。

一點煙塵都不剩。

只剩下孤獨的火焰，淡淡的哀傷。

以及滿滿鐵皮屋頂的外星精液。

「爲什麼我們都射出來了，卻沒有人被吸進去？」外星姚明跪在鐵皮上喘息。

「難道……我們被騙了！我們被那個爛地球人騙了！」

「可惡！白射一場！」

「陷阱！我們中了陷阱！」

「不可能吧？剛剛那個A片明明就非常難射啊？難道不是兵器等級的A

片！」

「怎麼會這麼容易上當啊我們！不可能啊！一定是A片發生故障了吧！」

「太陰險了！連打個手槍也能中計！」

「我們要馬上致電給最高國會，請他們授權星戰局對地球男性發動全面攻擊！」

「誰有衛生紙？誰有衛生紙啊！」

你們這些自以爲是的爛外星人，自食惡果，但你們絕對不要以爲就此結束。

我脫下褲子，褪去內褲，一把眼淚一把鼻涕走向前。

就在一百多條欲振乏力的陰莖面前，我從懷裡慢慢拿出了最後的底牌……一副，從威秀廣場地上撿來的特製外星墨鏡。

從廣場一戰結束的那一刻，我就知道，自己只有這種方式可以苟延殘喘了。

「難道是……」外星姚明的表情變得極度扭曲。

我按下墨鏡的按鈕，發出一道激光，兆億畫素瞬間射入布幕上郝劭文的屁股裡。

郝劭文的屁股慢慢暈開……

幻化成藍天，白雲，大叔，短褲，拖鞋，小番茄，碗，菸，椅子，桌子，麻將，摩天輪，沒插插頭的電風扇。

「眞正的手槍大戰，在你們全都射過一輪後，才眞正開始。」

我握緊我脆弱的陰莖，流下兩行沸騰的眼淚。

「受死吧，外星人。」

十三個小時後，我的手掌再度摩擦出憤怒的火焰，結束了這一切。

便利商店外的大家，除了無聊到睡著的光頭大嬸外，所有人都消失了。

那個原本當了現成爸爸，要傳承大蒜水煎包絕藝的泳帽男也簡化成一顆畫素。

但是我們的蛋還在。

這一顆充滿愛情的蛋，超越了時空，總結了因果。

無法動搖。

我不知道將來會發生什麼事，猜不到「上課不要」系列之四會是什麼樣的內容。

但我知道，我完全明白，接下來的人生，我都將帶著這顆蛋繼續冒險。

永遠熱血，永遠不正常，永遠神展開。

再接再厲解開——我爸爸爲什麼被溶解之謎。

「妳是大白蛇，在五百年的過去，妳當然得姓白。」

「我叫妳素子，希望妳能將這個呼喚打包走，所以名字第一個字，是素。」

「妳是我見過最真誠的女孩，我想讓真這個字，也跟著妳一起穿越。」

「大明，我眞的可以擁有這個名字嗎？」

「唯有妳叫這個名字，我才能放心，因爲我知道妳一定可以，妳一定可以……」

從我開始猜到時空穿越的必然因果後，我就明白了。

這是一段，不曾屬於過我的愛情。

但千千萬萬讀者，將在書裡見證素子修煉成人，留下千古愛情傳說。

素子必將追尋到她的歸宿。

在西湖。

也在我心裡。

「再見了，白素貞。」

——終

國家圖書館出版品預行編目資料

上課不要打手機／ 九把刀作. --初版. --台北
市：蓋亞文化，2017. 07
面； 公分. --(九把刀・小說；GS017)
ISBN 978-986-319-300-5 (平裝)

857.7　　106011254

九把刀・小說 GS017

上課(不要)打手機　作者 Giddens 九把刀　插畫 Blaze Wu

封面設計／Blaze Wu
出版／蓋亞文化有限公司
地址◎台北市103赤峰街41巷7號1樓
電話◎（02）25585438　傳眞◎（02）25585439
網址◎www.gaeabooks.com.tw
部落格◎http://gaeabooks.pixnet.net/blog
電子信箱◎gaea@gaeabooks.com.tw
投稿信箱◎editor@gaeabooks.com.tw
郵撥帳號◎19769541　戶名：蓋亞文化有限公司
法律顧問／宇達經貿法律事務所
總經銷／聯合發行股份有限公司
地址◎新北市新店區寶橋路二三五巷六弄六號二樓
電話◎（02）29178022　傳眞◎（02）29156275
港澳地區／一代匯集
電話◎（852）27838102　傳眞◎（852）23960050
地址◎九龍旺角塘尾道64號龍駒企業大廈10樓B&D室
初版一刷／2017年07月
定價／新台幣 280 元
Printed in Taiwan

ISBN／978-986-319-300-5
著作權所有・翻印必究
■本書如有裝訂錯誤或破損缺頁請寄回更換■

GS017
GAEA

上課不要打手機

蓋亞文化 讀者迴響

感謝您在茫茫書海中選擇了蓋亞，您的支持是我們最大的動力。
不要缺席喔，讓我們一起乘著夢想的羽翼，穿越時空遨遊天地！

姓名： 性別：□男□女 出生日期： 年 月 日	
聯絡電話： 手機：	
學歷：□小學□國中□高中□大學□研究所 職業：	
E-mail： （請正確填寫）	
通訊地址：□□□	
本書購自： 縣市 書店	
何處得知本書消息：□逛書店□親友推薦□DM廣告□網路□雜誌報導	
是否購買過蓋亞其他書籍：□是，書名： □否，首次購買	
購買本書的動機是：□封面很吸引人□書名取得很讚□喜歡作者□價格便宜□其他	
是否參加過蓋亞所舉辦的活動： □有，參加過 場 □無，因為	
喜歡出版社製作什麼樣的贈品： □書卡□文具用品□衣服□作者簽名□海報□無所謂□其他：	
您對本書的意見： ◎內容／□滿意□尚可□待改進 ◎編輯／□滿意□尚可□待改進 ◎封面設計／□滿意□尚可□待改進 ◎定價／□滿意□尚可□待改進	
推薦好友，讓他們一起分享出版訊息，享有購書優惠 1.姓名： e-mail： 2.姓名： e-mail：	
其他建議：	

◎請沿虛線剪開、對摺、裝訂後寄出

◎請沿虛線剪開、對摺、裝訂後寄出

廣告回信　郵資兗付
台北郵局登記證
台北廣字第675號

蓋亞文化有限公司　收

103 台北市赤峰街41巷7號1樓